U0051502

終疆 06 神秘高手　御我◎著　午零◎繪　Ⓟ皇冠文化集團　非賣品

終疆

06 神秘高手

御我—著　午零—繪

這樣的【角色介紹】真的沒有問題嗎？

✥十三✥

不知為何保有少許人類意識的異物，對孕婦和小女孩有強烈的執著，因此不吃女人和小孩。逃出研究所時，隨手撿了人類小女孩貝貝，從此踏上最強奶爸之路，為了女兒衝鋒陷陣，誓抓疆書宇回來當女兒的哥哥！

✥音貝貝✥

被十三隨手抓走的小女孩，因發燒失去大部分記憶而將十三當作父親，又誤以為疆書宇也是爸爸的孩子，從此帶著爸爸與僕人修羅踏上尋哥之旅——等等，哥哥竟然還有哥哥、妹妹、叔叔和嬸嬸，所以他們是一個好大的家庭？

靳展

黑道太子爺，未來的雷神，本書主角的舅哥（？），對自家繼母有暗搓搓的好感，但不知為何遲遲沒有下手，妹妹靳鳳表示無法理解哥哥的腦迴路，她轉頭果斷就下嘴親小老公，兩年之約是什麼她不懂。

目次

楔子

殺出前路

白霧瀰漫又正值夜晚，能見度不出三公尺，幸好地面是平整的柏油路，否則這種環境能讓大多數人連走路都成難題。

不遠處傳來腳步聲。

我無聲無息地躲進路旁的草叢，雖然公路兩旁的行道樹稀少，但末世後，各地植物瘋長，雜草這一類植物更是無處不見，雖不至於長成蒼蒼草原，卻讓整個世界都成一副雜草蔓生的廢墟樣，現在視線又不良，要在草叢間發現人影並不容易。

然而，就算我的動作悄然無聲，卻還是引起對方的注意，他們一共有五個人，黑色迷彩衣著，全副武裝，手上持槍，身上至少有兩、三個口袋塞滿彈藥。

突然，其中一人腳步一滯，轉頭朝我的方向看過來，我並不驚慌，按兵不動。

「怎麼？」旁邊的人問：「有狀況？」

那人皺著眉說：「就是覺得有動靜，你們沒感覺？」

其他四人搖了頭。

「也不是沒感覺，只是動靜太多。」有人老實地說：「我連旁邊這棵樹都覺得不對勁。」

經他這麼一說，其餘人立刻看向那棵樹，隨風搖曳的樹幹末梢和樹葉突然完

全靜止，整棵樹僵直了，乍看沒什麼問題，但對照兩旁搖曳的樹枝草葉，到處都是問題！

五人抽抽嘴角，當作沒看見。

末世，什麼東西會動都不奇怪，若通通要注意，還真注意不來。

話又說回來，小容當初到底怎麼會主動去攻擊異物，還佔領一座小鎮，這真是一個謎，但恐怕得等他進化到會說話，這謎團才能夠解答了。

那五人還是稍微巡視一番，可惜周圍的迷霧實在太濃，加上茂密草叢，他們看不到多少東西，加上周圍的紛紛雜雜越演越烈，顯然周圍的「動靜」開始不耐煩了，這讓五人不敢再停留，快步離開。

我跟隨上去，即使動作輕盈，但對方的警戒心可是職業級的，途中幾次回頭張望，只是末世環境太困惑人，沿路的動靜可不只我，他們看來看去倒是看出一堆不對勁，奈何實在太多管不來，只能看看沒多大妨礙就離開。

直到他們離大部隊夠遠，回頭折返時，我看見一個好時機，走在最後方的人因為轉頭查看動靜，落後其他人有五步遠。

這時，我的腳下早已預先化出冰刀，不再只是溜冰鞋的模樣，腳底的冰刀比腳掌長上一點五倍，鋒利如刀刃，若被這冰刀劃過脖子，保證腦袋立刻在地上滾。

不只冰刀，冰還一路往上凍到膝蓋下方，成為一雙冰長靴，平滑的靴面讓各種攻擊容易滑開，無法真正擊實，膝蓋處朝外延伸出尖銳的冰角，這角不但有武器的功能，還可以遮擋重要的膝部，因為是朝外延伸，不會因此影響到動作。

最後還將其足足壓縮三層，讓這雙冰靴甚至可以抵擋一般子彈。

以往也曾經化出冰靴，卻只是為了滑行，重點放在腳底的冰刀，長靴身不過是為了震懾敵人才故意弄出來的裝飾品，直到現在，我需要不畏懼子彈的強悍武裝，才更一步將冰靴完善成真正有防禦力的戰靴！

我對長靴當然沒有研究得這麼透徹，這是特地請叔叔設計的，幸虧有叔叔提點不少細節，我才知道原來圓滑面更有助於格擋攻擊。

除了冰靴，臉上的面具同樣有所變化，擴大遮掩的範圍，足足擋住八成的臉，壓縮的層數甚至比靴子更多一層，畢竟腦袋可是很重要的。

如果不是時間不夠，我還想把面具往腦後延伸一點，直接變成頭盔形式，擋得越多越好！

畢竟這次的計劃真的有點大膽。

大哥若預先知情我敢做出這樣的事，別說放弟弟回家先抵擋一陣子，大概會在弟弟出門前先打斷腿。

我吸了口氣，悄然無聲地滑過去，卻還是在抵達的時候驚動對方，但或許是之前動靜過多，他已經處於麻痺狀態，轉身察看的速度並不快，猛然看見我時，雖然驚愕，嘴卻沒因驚訝而慢下來，張嘴想要示警同伴，但已來不及。

我抓住他的咽喉，瞬間結冰，從喉嚨凍到腦子不過短短一秒，毫無能量的阻擋，這個人不懂異能，這真讓人鬆了好大一口氣。

手放開，在屍體落地前那個稍縱即逝的瞬間，我滑到前方並肩走的兩人背後，即將摸上後頸時，他們有所警覺，猛然轉過身，我卻沒有退縮，反倒多踏一步上前，若能直接掐住咽喉，倒是比抓後頸更好。

這次倒沒那麼順利，畢竟對方不是沒有戰鬥能力的平民，其中一人直接被凍死，但另一人卻即時往後退一步，讓我抓了個空，槍口更是抬起來抵住我的胸口……卻是到此為止！

我並不需要摸到東西才能使其結凍，觸碰只是會讓冰凍變得比較容易且快到沒有任何延遲，但就算摸不到也只是慢上那麼一丁點罷了。

側身避開槍口，這動作讓沒有抓到咽喉的那隻手伸得更往前，指尖發出寒氣，直撲那隻漏網之魚，距離很近，所以延遲極短，對方甚至來不及把槍口再次指過來，他的上半身已成一尊冰雕。

保險起見，能量用得多，顯然是用力過頭了，之前與斬展的一戰讓我太過高估普通人對異能的抵抗力。

但現在沒時間懺悔，我直撲最前方的兩人，方才直殺三人，耗費的時間卻只是電光石火之瞬，走在最前方的二人在我凍出半尊人體冰雕才反應過來，一轉身就是槍口掃來。

十來把冰刀射出去，逼得他們為了閃躲而飛身撲向兩旁，我衝向其中一人，左手腕閃過淡淡藍光後，掌中已握住冰晶匕。

冰皇贈與的匕首如今已不像塊冰片，幾乎是一把完整的匕首，只是略薄些，冰晶雪花的圖騰從刀柄延伸至半個刀身。

之前當著眾人的面現出來試試時，闕薇君一看見就雙眼發亮的喊出「好漂亮的一把冰晶匕」，這名字聽著不錯，我就不客氣地拿來用了，反正冰皇的匕首讓冰皇的弟弟取名是再合適不過了。

冰晶匕一揮，對方的槍管掉下半截，另半截結了凍，若是敢開槍，槍枝炸膛會讓他滿臉開花。

看見結凍的槍管，對方驚得眼睛都瞪大了，當機立斷放開手上那把槍，想掏出腰間的手槍，然而手都來不及碰到槍套，整個人都僵直了，不過一秒時間，項上人頭落到地面，重重地「咚」一聲，連滾都滾不動，整顆人頭已成一顆大冰球。

一斬完槍，我順勢迴旋踢，腳下的冰刀就劃過對方的脖子，如今的力量已足夠一刀斬斷人身上任何部位。

最後一人……

一反剛才急得像閃電的動作，快捷的殺死四人，我用堪稱悠閒的動作回頭一看，剩下那人被透明枝條纏成古怪的姿勢，乍看有點猥瑣，但更仔細看卻讓人心頭發麻。

他的臉色已發青，舌頭吐在外面，但短短幾秒的時間不會是窒息死亡，死因只可能是斷頸。

他甚至連槍枝都沒離手，只是全被半透明的枝條纏死，最關鍵的是插在扳機後方的那一條，我重點交代的，還特別找來槍一次次的示範——一棵樹真心不好教。

「小容回來吧。」我開口說。

透明枝條刷刷刷地一口氣全縮掉，最後跑出一個圓胖的小東西，乍看像顆球，細看原來是棵樹。

為什麼疆小容你會朝著仙人掌的體型發展呢？明明就是一棵榕樹！

小容邁著短短的樹根腿「噔噔噔」地跑到我的腳邊，一個勁兒磨磨蹭蹭，我將他拎起來，扔顆結晶作為獎勵，努力忽視一地的屍體。

雖然不是沒殺過人，上輩子還是闕薇君時，末世開始沒多久就逼不得已動手殺人，隱約記得那時間都還沒出第一年呢……

✦

「不要吃我——」

我猛然張開眼睛，氣喘吁吁，胸口的心跳激烈得像是要爆炸，慌亂地左右張望，眼前沒有醜陋扭曲的怪物，只是一片黑暗。

眨眨眼適應黑暗的時候，總算想起來現在是什麼狀況，自己躲進衣櫃裡面睡覺，雖然不見得可以避開那些怪物，不時有人從各種角落被怪物拖出來，但有點遮掩，多少心安一些。

就算狹小的空間只能蜷曲著睡覺，睡得天天腰痠背疼，大夥還是不會選擇睡在柔軟的床上，畢竟比起衣櫃裡，躺在床上的人肯定更加顯眼。

黑暗中只有我一人。

夏震谷呢？

媽又去哪呢……

眼眶突來一陣酸熱，回憶起兩天前令人心碎的場景，最後一顆子彈用來救夏震谷，那混蛋卻跑去救小琪，讓我媽被怪物堆淹沒……

心一陣一陣的抽痛，原來，真正心碎的時候，心臟是真的會痛！

我抹抹眼淚，還得努力忍住不要哭得太慘，若是壓不下梗在咽喉的泣音就慘了，如今這世界甚至不能容忍一丁點哭聲！

想痛哭自己的愚蠢都不行，如今，媽再也不能跟自己一起走下去，就剩夏震谷這個男朋友，以前，雖然覺得他有點孩子氣，對我卻是很不錯的，噓寒問暖都不少，常常還覺得太過黏人。

現在黏是黏，八成是和那個小琪黏在一起！

我抹抹眼淚，雖然是自己不肯跟夏震谷待在同一個房間，但那傢伙隨便解釋幾句道兩聲歉，見我不肯原諒，竟就真的這麼走了，還是拉著小琪走的！這道歉能有半點誠意嗎？

世界才變成這樣不久呢，夏震谷的耐心就降到接近零，自信心倒是快爆棚，不過在偶然間組起來的十人小團體裡能說得上話，人簡直就要不可一世了，末世果真考驗人心……

我的思考猛然停止，外頭傳來細細碎碎的聲響，聽起來像是腳步聲，似乎不止一人，但發出的動靜並不大，這年頭，再怎麼粗魯的人都會變得輕手輕腳。

我屏住呼吸，不敢發出半點聲響，但還是沒逃過門鎖被打開的命運，他們進來了，這腳步聲絕對有穿鞋子，是人而不是異物。

我鬆了口氣，在無預警的狀況下，衣櫃門被一把拉開，我瞪大眼，面前的男人也嚇了一大跳。

正不知該怎麼反應時，那男人已經露出獰笑。

「唷！快過來看，這裡居然有個小妞兒！」

我頓時變了臉色，對方的口氣讓人想起路上聽到的女性呼救聲，偶爾瞥見的殘酷景象……

還來不及感到害怕，他已將我硬拉出衣櫃，大手摀住我的嘴，威脅道：「可別亂叫，要是引來怪物，我就把妳推給怪物吃！見過人被吃的場面沒有？妳全身的肉都會活生生地被咬下來，不是被咬死，是活活痛死！」

聽見這話，我心裡發顫。是嗎？這就是媽最後的感覺？活活痛死？

「嘿嘿，所以妳乖乖的別出聲，讓我爽了，說不定就賞妳幾塊餅乾吃。」

他突然撲上來，我冷不防被撲倒在地，原本還有些茫然，腰後卻傳來一陣刺痛，瞬間將我整個人激醒。

才回神就聞到一股惡臭，低頭看見對方正埋首在我的胸前又啃又咬，只是現在天冷，衣服穿得多，他一時也扯不開，真不知這傢伙多久沒洗頭，又沾染過什麼東西，頭髮上的惡臭簡直不輸腐屍的味道，臭得我整個人瞬間清醒！

就算面對那些怪物，我都沒有乖乖束手就擒，怎能被一個臭人渣嚇住，讓他想幹嘛就幹嘛？

更何況，剛才腰後刺痛我的東西是——一把刀子。

反手抽出刀來，我反射性就朝對方的後心口一插，還沒忘記把刀子拔出來。

這可是好不容易才搶到的刀，不是大賣場的水果刀，而是臨時組成的小團體中，有人本來就有蒐集武器的癖好，特地帶我們到熟知的刀具店去搜括一番。

可惜，那間店明顯已經被搜過好幾次，剩下的刀具不多，我眼明手快才搶到這一把，還是因為這把刀子小，就比水果刀大一點，其他人根本看不上，才沒被奪走。

刀子小歸小，開鋒後，鋒利和耐用度卻比其他人的都好，真是意外之喜，我沒有張揚這點，默默收在腰後。

大量的血從對方的後心口噴出來，我的視線全都紅了，嚇得把身上那傢伙推到一旁去，甚至得抹一把臉才能看清東西。

那男人痛得渾身抽搐，伸手試圖想去搆背後，但大概是太痛了，他根本沒有辦法有太大的動作，地上的血灘擴大的速度非常驚人，瞬間就散延到我的腳邊！

我嚇得連連倒退，背脊都抵住衣櫃，退無可退，但那灘血卻還是沒有放過我，越過腳尖，繼續蔓延……

我不敢動彈，明明不敢看，眼睛卻瞪得更大，眼睜睜看著那人掙扎幾秒後漸漸沒了聲息，只剩下身體本能的抖動，他的眼睛睜得老大，望著天，彷彿上頭不是天花板，而是遙遠的什麼地方……

「喂，這裡好像還有別人，你別太亂來——」

門口走進一人，他看見仰躺在地上的同伴，停下話來，不敢置信地看向我，但大概是我嚇得整個人僵住不動，他似乎覺得兇手不可能是我，拔出一把槍來，先是踹房門，確認門後無人，隨後舉著槍在房間四處搜尋。

他有槍……

我握緊手上的刀，幸好因為不能開燈的緣故，房間裡面很暗，他方才沒看見我手上的刀，大概以為同伴是別人殺的，我剛才嚇傻的模樣看起來肯定夠蠢，又是個女人……

他背對著我，整個人很緊繃，拿槍的手甚至會抖，看來地上的死人不只嚇到我，也嚇到他了。

房間很暗，他明顯有些看不清，否則不會看這麼久都還沒看出房間裡面根本沒別人。

而我卻看得清清楚楚，不知道為什麼，最近的視力似乎越來越好了，即便黑暗仍舊會造成阻礙，也看得比其他人清楚。

我突然平靜了，站起身來，握緊刀身。

他有槍，我只有刀，機會只有一次，一失去，代價可能是性命……

「薇君！」

我握著刀，低頭看著滿地的血，耳邊只有心跳的聲音，直到聽見夏震谷的聲音，才回過神來，轉頭看向他，還有跟隨在後的小琪。

兩人竟齊齊退後一步。

我有點不解。

「妳沒事吧？」

這句話是小琪說的，她看我的眼神竟有些不一樣。

以前，她一開始靠近夏震谷，總帶著閃閃躲躲的羞愧，但日子越來越艱難，她羞愧的神色越來越少，取代而之的是一臉要跟我鬥到底的表情。

直到現在，她的神色又變了，倒不是變回羞愧，也不是想與我鬥。她瞪大眼看著我，神色看來竟有些興奮，宛如看著夏震谷。

舉起冰晶匕，半透明的刀鋒染著一抹血色，十分淺淡，不像當初那把刀沾著滿滿的血，滑得幾乎讓人握不住。

那一次殺過人後沒有多久，我學會用布條纏緊手和刀，才不會握不緊刀子，如今倒是不必了，冰匕首可以牢牢地凍在掌心。

就算上輩子沒有重生的優勢，我第一次動手殺異物，甚至是殺人的時間都很早，雖不見得是最早的那批人，但在一般小市民間，絕對不比別人晚。

打從一開始，我就沒有真正怯懦過吧？

只是那一世，媽去得太早，夏震谷的表現一天糟過一天，日子竟過得越來越沒有意義，努力求生甚至變強又能如何？

然而，即使是那樣無望的末世，我還不是足足活上十年，反觀這輩子，家人有

了，基地建了，甚至連團隊都是可以信任的人，這一世……

我要領著家人一起，活一百年！

终疆

第一章
開戰前夕

「停下來。」

我率先停車，示意另兩台機車也停下來，雲茜騎著一台酷炫的黑色重型機車，小殺卻是一台奶黃色淑女款機車，臨時找不到那麼多輛有油的機車，兩人猜拳的結果由小殺慘敗作收。

「二哥，怎麼啦？」書君坐在我背後，好奇地探頭問。

「前面可能是那支上官家的軍隊。」

我隱隱感覺到危機，卻不是很尖銳，疼得讓人拔腿就想跑的那一種，應該不是什麼危險的異物，但這路線被湛疆基地的人來來去去多次，掃得挺乾淨，沒有什麼足以讓我感覺到危險的東西，所以，極有可能是上官家的軍隊。

「這裡離基地不遠了。」雲茜的臉色有些凝重。

我朝小殺看去，問：「你是偵查高手，靠近這支軍隊查查敵軍狀況，有沒有問題？」

「沒有，我去。」小殺毫不猶豫地丟下奶黃色淑女車。

我擋下他，要求：「帶我一起去。」

小殺皺了皺眉頭，「你沒有接受過相關訓練，對方是職業軍人，很可能會被發現。」

「所以要靠你啊！」我理直氣壯地說：「我得去看看有沒有異能強大的人，所以一定要去。」

好歹在末世躲了十年，潛行高手說不上，躲藏高手也勉強算得上吧！

小殺還是搖頭說：「被發現會逃不掉，他們的人數太多，還有武器。」

我笑了一聲，挺有把握地說：「打贏可能有困難，逃走是絕對沒問題。」

聞言，小殺也不再堅持。

「二哥你要小心。」書君拉著我的袖子，警告道：「不許再受傷了。」

我摸摸妹子的頭，說：「放心吧，我沒打算動手，看看就走。」

努力忽略小妹懷疑的眼神，我對雲茜說：「妳帶書君先躲起來，等我和小殺回來，這期間不管發現什麼東西靠近妳們，立刻就跑！真的跑不掉就朝天放閃電，想辦法拖延時間，我會盡快過來。」

小妹嘟嘴咕噥：「人家也可以打的，之前就幫過大哥很多忙。」

若只需要站著放閃電，前方還有許多強大的保護者，書君的攻擊力絕對強大，但必須與拿槍的專業戰鬥職業正面對峙，身邊只有一個雲茜，那完全是另一回事！

「聽二哥的話。」我簡單地解釋：「他們有很多槍，妳暫時沒辦法應付。」

書君點了點頭，一聽到槍，她也怕了。

雲茜拍著胸保證：「放心吧，我會帶著書君躲好，沒人可以發現我們。」

小殺加碼說：「雲茜是狙擊手，沒有人比她更會找藏身處。」

聽到這話，我這才真的放心，有專業隊友就是好，世界末日帶著心肝寶貝出門都不用怕沒人保護。

時間緊迫，我也不拖延，喊一聲「走」後，領著小殺朝著感應到的地方前行。

途中，小殺忍不住低聲問：「沒想到還這麼遠，你怎麼知道軍隊在哪？」

「只能知道個大概，像是直覺那樣，只是我可以確定這直覺是正確的。」

「這也是你的能力？」小殺略有羨慕的神色，對於偵查兵來說，這能力太有用了。

我搖頭說：「異能強了以後多少都有感應危險的能力，強者甚至可以在更遠的地方察覺危險，連敵人數目都能察覺得清清楚楚，比他弱的人根本別想隱瞞行蹤，甚至連能量的強弱都瞞不住。」

當然，一切皆「聽說」，我上輩子到死也就剛好摸到三階的門檻，還根本沒怎麼鍛鍊和挖掘異能的用途，這門檻好像是活久了就會升級似的，只是我沒遇見過幾個人能夠活到末世十年又沒吃多少結晶，無法驗證。

前世的「關薇君」真要與現在的我打起來，根本別想贏，哪能知道強者到底是個怎麼樣的強法，只覺得他們一個個都強得令人驚懼，千萬別惹上任何一個——除了不得不對上的夏震谷。

上輩子沒被夏震谷掐死，還真是多虧一些老夥伴護佑，尤其是衛小哥，雖然一開始是我把他從屍堆裡撿回來好好包紮，這才讓他活下來，但後來他還這個恩情還了起碼有二十次吧！

報恩報到小琪都覺得他根本暗戀我，但那是不可能的事情，衛小哥可是個俊帥的小鮮肉，年紀比我小好幾歲，口口聲聲叫我姐，一開始還被隊伍裡的人笑稱為「帥小哥」，等實力越來越高強，眾人才加上姓氏改稱「衛小哥」。

叫得太習慣，我竟不記得他的全名，有機會真該再次把這個知恩圖報的傢伙撿回來……

等等，我愣了一下，依照前後兩世的地理位置，上輩子困住的城市似乎和蘭都的位置差不多，而這個世界的關薇君也確實在這裡沒有錯，這麼說起來，衛小哥和一些老夥伴說不定都在這裡啊！

甚至……

夏震谷是不是也在這裡？

「書宇，有敵人嗎？」小殺低喊。

我收起嗜血的神色，搖頭說：「沒有，我想到別的事情。」

小殺略無奈的說：「別再走神了，匿蹤要全神貫注，畢竟你再強也打不贏一整隊軍人。」

我點點頭，現在確實打不贏，二階頂還是太弱，如果能更強點——先別想不切實際的事情，現在的目標是探查敵方人數，以及是否有強大的異能者。

雖然之前有上官辰洋可以問問，但我並不信任他，還是自己用眼睛看清楚最好。

「現在開始不要說話。」我提醒：「我可以感覺到很近了，你不需要管我，反正你做什麼，我就照著做。」

小殺欲言又止。

見他不放心，我又補充：「不用擔心我跟不上，我可以感覺到你的大致方位，單純跟上不是問題。你自己也要多提點心，現在是異能的天下，不能完全用過去的經驗來行事，如果上官家有像我這種等級的異能者，就算你的匿蹤能力再強，還是會被察覺。」

小殺的神色一凜，慎重的點頭。

我指明方向，「出發吧，沒有時間了，你朝那個方向先前進五百公尺。」

聞言，小殺立刻動身，發出的聲響非常輕微，要知道，這裡可是路旁的林木區，以前大概只是一排路旁行道樹，現在已成森林區，樹木草叢橫生，滿地還有雜草與落葉，要不發出聲音是不可能的，但林木本身也會發出聲響，光是一陣風吹過去就有不間斷的沙沙聲，小殺發出的聲響完全不會引起注意。

這隱匿能力果真是好，如果我沒有察覺異能的能力，說不定還真跟不上。

五百公尺的距離沒多久就到了，但小殺沒有回頭詢問要往哪走，到了這個距離，他若還發現不到敵軍的蹤跡，我想他可以回基地洗洗睡了，外面的世界太危險！

我們的行動變得十分緩慢，偶爾望見人的身影時，小殺至少會停止不動五分鐘，即便看不到人都不會動彈。

這般緩慢行動下，我們花了一段時間才看見大部隊駐紮的地方。

我輕手輕腳的挪移到小殺旁邊，見他緊盯著大部隊，眼睛都快不眨了，我想了一想，這應該是在計算敵人數量吧？

我也就不打擾他，跟著仔細端詳敵軍的狀態。

密集的森林正好有座小湖泊，靠湖的地方有些空地，雖然不大，但擠擠也夠這支小軍隊駐紮，帳篷幾乎是一座接著一座，一點空隙都沒有，只留幾條通道供行走。

周圍都有人看守，若不是小殺挑了個絕妙的好位置，我們還真不能這麼悠哉地觀察敵軍。

巡邏的軍人全副武裝，武器是大槍和小槍各一把或者兩把小槍，大槍竟有AK47突擊步槍，我彷彿還看見幾把附加榴彈發射器的 M4 卡賓槍。

呵呵，若不是當初看過衛小哥揹著沒子彈的卡賓槍，他還跟我詳細解說過這把槍，我還真不認識它呢！

根據衛小哥的說法，這把槍一般只有特種部隊才會配備。

帳篷外竟還斜放著防爆盾牌……

越看越是心寒，這個人數和武器配備，若是正面對決，我們該怎麼才能打贏？

小殺點了我的肩頭一下，用手比了個「四」，當然不是四十，鐵定是四百。

我深呼吸一口氣，四百軍隊，都快武裝到牙齒了，這該怎麼打？

小殺的臉色也不好看，他看著我，眼神很明顯是詢問現在要怎麼做。

我看了不遠處巡邏的人一眼，雖然不是完全無法做手腳，但對方這麼多人在巡邏，根本造不成大傷害，恐怕還會打草驚蛇，讓對方察覺我們已經知道他們的進攻。

走吧！我朝來時的方向比個離開的手勢。

小殺立刻點頭，看起來鬆了口氣，迫不及待想離開的模樣。

我白了他一眼，到底以為我是多亂來的傢伙，面對重武裝四百軍隊還會硬上？那早就死透透了好不好！

小殺眼神透著懷疑，雙掌先是合在一起搧了搧，隨後手指併攏，整隻手如蟲般蠕動。

我奇蹟似的看懂這個「手語」，意思應該是「難道蝴蝶異物的毛毛蟲沒有四百嗎」。

「……」應該沒有吧？大概……

小殺一臉不信的轉身就走，我只能用「乖乖跟上」來表達自己一點都不魯莽，絕對是枚乖寶寶來著，但走沒兩步卻突然聽見大聲說話的聲音，反射性轉頭一看，帳篷與帳篷之間的小空地有兩夥人在爭執。

其中一人穿著厚重羊絨大衣，身分看起來和周圍的武裝軍人不同，但他的背後站著幾個軍人，打扮和周圍的軍隊完全一樣，顯然是上官家的人。

另一人則穿著白色長大衣，背後只站了幾個人，雖然同樣是戰鬥裝扮，但是樣式和周圍的軍人不相同，到底是不屬於上官家，或者是上官家的另一個派系？

兩人的衣著都不適合戰鬥，而且這麼大聲說話，他們周圍的軍人都沒有露出不滿的神色。

尤其是那個白色大衣的傢伙給我一種很眼熟的感覺，只是他的角度不對，我只能看見非常少的側面，正疑惑這人是誰時，他似乎是不滿意羊絨大衣男說的話，搖了搖頭，那瞬間，我看清他的臉——

竟然是吳耀錦！

分子研究所的人！

我停下腳步，完全沒想到竟會在這裡看見吳耀錦這傢伙，上官家竟然和分子研究所有關聯?!

難道，攻打湛疆基地的行動其實是分子研究所策劃的嗎？這和上次的事件有沒有關係？莫非他們發現我了——

肩上突然被人一搭，我反手就抓住，另一手還伸出去掐住對方的脖子，只是及時看見對方的臉……

小殺驚訝地瞪大眼，完全沒有防備的狀況下被我掐住脖子，手上散發的寒氣凍得他死咬住嘴唇才能不發出聲響。

我連忙放開手。

小殺用力摀住自己的嘴，壓下喉嚨的不適，硬是沒發出半點聲響，隨後卻臉色一變，直接把我推進樹下的草叢，還死壓住我不放，差點都快不能呼吸了，若不是了解小殺的性格，還以為他在報仇呢！

沒多久就有一個小隊從旁邊走過去，我都能從草叢空隙間看見他們腳上穿的軍靴，腳步聲簡直就在耳邊，我們兩人連呼吸都快暫停了，幸好這支小隊就這麼走過去，沒有發現我們的存在。

危機一解除，小殺立刻拉著我要走，但我不肯挪動腳步，直直地看向吳耀錦。

我和十三對決的時候，若不是這傢伙帶人過來，二話不說就朝我們開槍，冰皇不會以為我死了，因此用盡最後的力量報復對方，那他一定可以撐到見書君一面吧？

不，說不定冰皇到現在都還活得好好的！

都是因為吳耀錦那傢伙！

小殺抓住我的雙肩，顧不上必須保持安靜，附在我的耳邊輕聲說：「書宇，我們該走了。」

我冷冷地說：「你先走，我隨後趕上。」

小殺的臉色一變，反而抓得更緊，快速地說：「書君還在等你。」

我一僵。書君在附近，若是引起騷動，這周圍說不定會被這些人徹底檢查過一遍，到那時，她們或許會藏不住，就算雲茜再怎麼厲害，她還帶著一個普通女孩，別說隱匿，躲貓貓都沒玩過，很難說能不能躲過軍隊的徹底搜索。

深呼吸一口氣，我看了吳耀錦一眼，那傢伙的能量比起之前沒有強多少，確確實實是個研究人員，想來他將來不會成長為我無法打敗的強者。

「走！」

總有一天，我要吳耀錦給冰皇償命，而這一天絕不會來得太遲！

回到原本的位置，小殺將手靠在嘴邊發出一陣奇怪的動物叫聲，沒多久後，雲茜就帶著君君回來了。

見狀，我覺得非常慚愧，剛才連想都沒想到要怎麼聯繫，幸好小殺和雲茜都是專業的，果然專業人士和我這種業餘的就是不同，我還是旁邊當當秘密武器就好，其他事情就交給專業的來。

兩枚專業人士領著我們繞過軍隊所在地，卻沒有因此拖到多少時間，很迅速地回到湛疆基地，想來，他們把基地附近的地形都銘記在心了。

才走到大門口，一發子彈就打在我的腳前。

小殺和雲茜嚇了一跳，瞬間就拔槍對準某幢建築物三樓的陽台，沒想到卻看見

一抹金髮，兩人的臉上都閃過疑惑，卻完全沒有放鬆戒備，哪怕陽台上的是個再熟悉不過的人。

我抓抓頭，已經想明白是怎麼回事，連忙壓下兩人的槍。

這時，凱恩直接從陽台跳下來，那高度若是放在末世前，保證他不敢閒著沒事亂跳。

他走過來，一路都咬牙切齒地瞪著我，彷彿我是殺父仇人來著。

「你可終於回來了，我還以為這一次肯定會被團長浴火重生！」

這成語用得我竟不知是對是錯，我若真的在他留守的時候失蹤，說不定大哥真的會讓凱恩重新投胎，這也算是重生的一種吧。

我立刻道歉：「對不起，我實在太衝動，下次不會了。」

凱恩翻了個比他牙齒還白的大白眼，沒好氣的說：「我不相信！若有下一次，你肯定還跑！」

這……想到這次衝動的原因是以為君君出事，我還真不敢掛保證下次不會因為同樣的理由而衝動，君君太重要了，我沒辦法阻止自己的身體行動啊！

「怎麼就你們回來？」凱恩的目光掃過我方一行人，不解的問：「團長呢？你們分開走了？」

他看起來沒多少擔心，應該是因為我們的神色都沒有異狀，更可能是大哥太威，團員根本不覺得他會出事。

「進去再說。」

雲茜朝他使了個眼神，凱恩心領神會，打著哈哈說：「你們回來的正好，早餐差不多快好啦！一起過去吃，邊吃邊聊你們在外面打死哪些異物。」

他朝陽台上一喊：「上頭的人給我看好狀況，等我回來再換你們去吃飯。」陽台探出幾顆頭來，喊：「是！」

這些都是溫家諾和陳彥青帶來的軍人，不用訓練就可以立刻上崗作業，好用得不得了，我之前想趕走他們的時候，腦子到底裝啥，自己都不懂！

凱恩領著我們東彎西拐地繞路進基地，因為馬路上堆著滿滿的車，比之前更雜亂，甚至還有兩三輛車疊在一起，根本不是正常會發生的狀況，但看凱恩的臉色沒有異狀，顯然是我方的手筆。

細想了想，這大概是暫時當作城牆用吧？

「有力量型的異能者了？」

我不是很意外，力量和水火能力一樣相當普遍，算是末世初期最有用途的異能之一。

到了中期，力量異能才開始有些遜色，因為異物學會成群結夥，力量異能面對異物大軍有些無力，比不上其他更強悍的異能，例如稀有的雷系異能一轟一大片。

但只是稍微有點遜色，能力強的力量型異能者還是很有用的，就算當不上基地領袖也能當個得力屬下。

凱恩點了點頭，說：「挺多的，小關那邊就有五個，軍人裡面有四個，一般民眾查出四個，幫了不少忙，不過這也得歸功你上次拿那麼多結晶回來，不然他們就是力量比其他人稍微大一點，不會這麼有用。」

這話一說完，小殺就幽幽地看過來，彷彿在問：真的沒有四百？

我冒汗，轉移目標說：「有多少人可以用槍？」

凱恩奇怪地看過來，「槍？你不是一直說異能才有用，不想讓我們用槍嗎？」

我無奈地說：「要是你現在可以放一片火海出來，我也不想讓你用槍。」

凱恩先是露出不解的神色，隨後雲茜一句「敵人距離基地只有五公里」，讓他的臉色徹底變了。

「異物群？」

「人。」小殺冷著臉說：「四百軍隊，來搶地盤。」

聽到這話，凱恩臉上的溫度也降了，怒極反笑道：「有四百軍隊還來搶人的地盤？哼，打異物沒能耐，打人倒一個個都挺在行。」

這話確實沒錯，上輩子多的是不敢對抗異物，專門搶劫人類的傢伙，一個個外表看起來似乎很是兇悍，但若是真有那麼兇悍，滿城市的物資等他去拿呢！搶劫人算什麼？

小殺繼續說：「那軍隊是上官家的人。」

凱恩愣了下後說：「這麼剛好是你家的人？」

小殺立刻反駁：「不是我家！」

「好好好，是你哥的人？」

小殺沉默了一下，才說：「不是他，是上官辰鴻。」

凱恩一臉懵的說：「你哥不就是這個名字嗎？」

「我哥是上官辰皓！」

凱恩望向遠方，一臉的「拿你們上官家真沒有辦法」。

「你們東方人取名字就不能區別大一點嗎？這是要逼死外國人啊！」

我深表同意，雖然自家也是書天、書宇和書君，貌似沒有資格說別人，但我家只有三個孩子，只有叔嬸會直接叫我大哥的名字，而我和小妹基本被叫做「小宇」和「君君」，區別上完全沒有問題，但上官家的大人物能夠被叫小皓或鴻鴻嗎？

「總之那不是你哥，打殘打死都沒關係吧？」

凱恩笑嘻嘻地說，但這笑臉卻不如以往讓人覺得是個天兵，反倒看得心頭發寒，那大白牙似乎能硬生生咬下人的一塊肉來。

我有些刮目相看，一般人聽到四百軍隊，就算不想逃，至少也得臉色發黑一下吧？凱恩倒是完全沒有一絲害怕的意味。

小殺冷冷地說：「就算是上官辰皓，只要敢來攻打湛疆基地，打死打殘都可以！」

凱恩倒是不意外小殺對親兄長的態度，想來應該早就知道小殺和上官家的關係很差，他只是摸著下巴說：「湛疆基地？暫時的疆域基地？這名字一聽就是老大取的，直白又好記，不愧是老大！」

「……」我無言以對，提醒：「若是打不贏四百軍隊，這裡八成會變成上官基地。」

聞言，凱恩收起笑鬧神色，認真地說：「軍人加上小關那邊的人，還有少部分民眾，能用槍的人應該可以有一百，但真要能打的，湊湊差不多是七十個，這還是算上小關那邊的人手，不是職業的，但他們能從城市逃出來，業餘還能算得上。」

「情況不太妙。」他坦白承認：「如果來的人是普通人，就算有五百都不算個事，如果是少於兩百的軍人，我們也不怕，但有一定人數的軍隊就很麻煩。」

我點頭表示理解。

軍隊本就擅長配合作戰，有武裝有人數，這簡直比異物群還可怕，上輩子，末世初期的軍隊還是能橫著走的。

所以，這仗到底該怎麼打呢？

越走越靠近大屋，屋子圍牆堆滿東西，雜亂無章，乍看簡直像是圍了一圈垃圾堆。

我有點疑惑，再靠近一些，眼睛差點瞪出來，原來那堆東西全是滿佈尖刺的障礙物，都是一些自行加工的陷阱，所以看起來很凌亂，但這並不減損傷害力，反而因為不規整而顯得更加可怕，感覺路過的時候一個不小心就會被勾出很多噴血的大洞！

大屋周圍的圍牆變高許多，看來鄭行是優先加強大屋的防禦，這圍牆高得彷彿城牆，牆上還佈滿尖刺，原本古色古香的古銅鐵柵欄門被鋼板加固，還纏上一堆鐵蒺藜，看著就覺得痛。

凱恩領著我們到大門口，抬頭朝牆頭簡易的臨時哨點一喊「開門」，上頭的軍人探頭出來看了幾眼，隨後大門就被推開來，後方當然又是兩名軍人，這兩名軍人後方還有人拿槍戒備。

呵呵，我當初開口不要這些人的時候，腦子一定裝屎，而且還是異物的屎！

走進屋內，鄭行就在大廳，他正低頭看著長桌上的圖紙，不時塗塗畫畫，聽見人聲就抬頭，看見我們，一怔後立刻走過來。

鄭行左右看看，問：「老大在外面？」

雲茜搖頭，簡單解釋上官家要進攻的事情，還把我和小殺探查到的軍隊狀況全都簡易說明一遍。

小殺補充說下去，「團長留在蘭都，等著跟靳展和上官辰皓談合作打退上官家，我們要擋到團長回來為止。」

鄭行皺緊眉頭，說：「基地建設只有三成不到，防禦力量不夠，你們過來看這個。」

他走到桌邊比了比圖紙，然後一掌拍在圖紙中心，那是我們現在的所在地。

「只有大屋的武裝還算合格，圍牆加高加厚，牆面有尖刺，頂部有鐵絲網，除非對方會飛或者有炮彈，否則沒辦法輕易突破，鄰近的街道已經佈好陷阱，但對方若是專業軍人，這些陷阱的用途有限。」

看著圖紙上用藍紅筆畫出的規制，我稍稍鬆了口氣，這已經比想像中好太多了，原本以為逼不得已之下，只能用冰牆來加強防禦，但那樣一來，我就不能做別的事情，只能待在內部當蓋牆小能手了。

「其他地方的佈置都還是暫時性，就地取材用車輛堆疊，柵欄纏上鐵絲之類的東西減緩敵人前進的速度。」

「如果多給我一個月，不，兩週就好，基地絕不是這副模樣！」說到這，鄭行看著圖紙嘆氣道：「我們估計要拖多少時間？」

「難說。」雲茜皺眉說：「我們四個人回來的速度很快，但老大要談判，還得帶足夠的援兵回來，預計拖個三天比較保險。」

凱恩一個揚眉，說：「如果妳說三小時，我還有點把握，三天？我的屍體都長蛆啦！」

聽到這麼不吉利的話，雲茜一個拐子送過去，說：「老大都敢讓書宇和君君回來了，如果你長蛆只可能是太久沒洗澡！」

凱恩立刻看向我，雙眼放光的說：「說的是，老大居然肯放小宇回來，該不會是你已經練出趕盡殺絕的大絕招了吧？」

「……那我大哥還談個啥判？關門放弟弟就好啦！」

凱恩一臉恍然大悟，隨後說：「那真的慘啦！對方足足有四百人，我們就算不

要命想硬幹，彈藥都不夠殺人的。」

嘴上喊著「慘」，他卻完全沒有驚恐神色，不愧是大哥找來的天兵團成員，就算陷入絕境，照樣痞給你看。

聽到彈藥不足，我皺了下眉頭，問：「如果彈藥充足，加上帶電水龍捲大絕招的協助，有幾分守三天的可能性？」

「帶電水龍捲是啥玩意？」凱恩有點傻眼的問。

我比著君君、曾雲茜和小殺，說：「三人合體大絕招。」

「被合體」的三人一臉傻，壓根不知自己有大絕招這玩意兒。

我平靜地看著他們，說：「你們只有一天可以練出大絕招，只要練成了，別說守三天，打贏或許都不是不可能的事。」

三人的傻樣立刻消失，一個個目露凶光，躍躍欲試……小妹啊，妳連目露凶光都這麼可愛，簡直像是看見榛果的大眼小倉鼠，真是一點震懾力都沒有。

雷電女神這稱號看來是無望了，閃電小公主或許還有點可能。

「書宇！書君！」

我抬頭一看，叔叔和嬸嬸從樓梯衝下來，嬸嬸更是激動地抓住我說：「你們可終於回來了，凱恩說你也跑出去的時候，我都不知該怎麼辦！」

「書、書天呢？」叔叔臉色一變，「莫非——」

我連忙解釋：「大哥留在外面找合作夥伴，晚兩天就回來。」

聞言，叔嬸這才鬆口氣，嬸嬸紅著眼眶說：「你們這三個孩子就不能讓我省點心嗎？一個個都拚命往外跑，現在這世界可是能吃人的唷，你、你們哪個出點事，將來我都沒臉去見你們爸媽……」

為了打斷嬸嬸的眼淚，我立刻扯開話題：「叔叔，我有事需要你幫忙，馬上就要！」

叔叔一怔，立刻點頭說：「你說。」

「我需要你幫忙設計一副鎧甲！」

原本只是想讓冰鎧實用性高一點，能抵擋一些攻擊且不會影響動作，甚至都有著為了不讓嬸嬸哭而轉移話題的意思，卻沒想到，叔叔還真幫了一個大忙！

聽完我對鎧甲的要求，叔叔低頭思考，「我得想想，什麼時候要？」

「天黑之前。」

叔叔一怔，但還是點頭應下了：「行！」

一答應完就拉著嬸嬸去旁邊畫圖，匆匆鋪開圖紙，他朝站在一邊的嬸嬸說：「我先畫個大致，靜婷妳得幫我補上細節，讓書宇能夠看得懂。」

嬸嬸應了一聲，抹去眼中濕意，立刻進入工作狀況。

嬸嬸的閨名是林靜婷，叔叔則叫做疆凌青，若不是恢復記憶，我還真想不起他們的名字，一路這麼「叔叔嬸嬸」叫下去了。

「把所有人都聚集起來吧，我們需要全部的力量！」

終疆

第二章
強者不孤行

我挖了個坑埋五具軍人的屍首，特意埋在大樹的根部旁邊，還眼睜睜看著樹的根系伸過來捆住那些屍體，最後才把土蓋上。

雖然非異物的樹不吃人，但植物原本就是靠著腐化物的養分成長，所以我才刻意把屍體埋在樹下，就是希望大樹佔著這些屍體，不要被異物拖去吃，壯大異物的實力。

這些軍人若是不死，有人能成為強大的異能者嗎？

別想了！我深呼吸一口氣，比起這些軍人，我更相信疆域裡面會出現強大的異能者！

絕不能讓上官家把疆域的基地奪走，更要盡最大可能降低傷亡，只要有湛疆基地這個易守難攻的絕佳好地點，慢慢進攻蘭都，殺異物打結晶，擴大基地版圖，疆域一定能成為強者的搖籃！

「小容，幫我捆好這些槍械。」

我把五個兵的槍全蒐集起來，運氣還算不錯，裡面有兩把 AK47，雖然沒有 M4 卡賓槍，但是以過往的運氣來看，能有兩把 AK47，我就知足了。

揹起充當繩索的小容，我在森林裡快速穿梭，奔馳好一段距離才停下腳步，右手舉起來靠在唇邊，發出一陣奇怪的動物叫聲，小殺跟我說，這是貓頭鷹的叫聲，在森林中很常聽見。

八個人影默默從草叢站起來，我不慌不忙地解開小容牌繩索，然後將所有槍扔過去，還將兩把 AK 都丟給同一人，冰槍小隊隊長，溫家諾。

溫家諾這才回神，看了看那些槍的數量，讚嘆的問：「五個兵？」

我點點頭，說：「你們留兩把槍，其他的派人帶回基地。」

「我們就負責當搬運工啊？」陳彥青咕噥：「小宇你再厲害，也得給別人一個機會表現嘛！」

「現在還輪不到你們上場。」我搖頭說：「你們異能不行，雖然擅長用槍，但槍聲一響，引起大部隊的注意，我們就只能逃跑了，除非你們能不用槍偷襲就殲滅對方，並且讓他們連開槍和呼救的機會都沒有。」

溫家諾皺眉道：「如果目的只是殲滅，我們八個偷襲五個巡邏兵，還有點把握，但是要完全不讓對方開槍或者大喊，那就不敢保證了，對方也是兵，身手不會差到哪去。」

我也是這麼認為，所以只能自己來，有冰異能的輔助，再看準時機，就能達到完美的無聲殲滅！

「一切照計劃進行，你們只管埋伏在這裡，我先單獨去狙殺那些巡邏隊，直到對方察覺不對，或者我失手讓人發出動靜，到那時，我會把最後一波人引過來，你們遠遠地掃射完一波就跑，不要管我，也不要戀戰！」

聞言，溫家諾的眼神有些複雜。

一旁，薛喜插嘴道：「真的要不管你，我們就算成功逃回基地，也會被團長宰掉吧！」

腳下一個滑動，我像是瞬間挪移到薛喜身旁，靠在他耳邊說：「賽跑讓你一分鐘都不算我吃虧，到時先回到基地的人可不見得是你。」

薛喜差點滴下冷汗，但天氣冷，身邊又是個冰異能者，這汗沒滴下來就在臉側結成冰，這讓他死命點頭，最後乾脆躲到薛歡背後，一副可憐兮兮不敢說話的樣子，也不知是演技還是個性本就如此不著調。

看看薛歡習以為常的冷臉，我覺得不著調的可能性高達九成九！

陳彥青忍不住說：「如果你有危險，我們真的不能看狀況回頭幫你嗎？」

聽到這話，我瞄了溫家諾一眼，對方皺著眉，似乎也有同樣的問題，這讓人心頭暖和不少，這夥兵真沒想著拋下我不管。

離開基地之前，我對溫家諾等軍人其實還是有很大疑慮，他們是軍人，而上官家那群也是兵，誰知道溫家諾會不會覺得上官家更有前途，可以讓他管更多兵呢？

早在出發之前，我就對眾人提出質疑，免得打到一半有人叛變，那對疆域可就真會是致命的打擊！

當時，溫家諾的回應，確實讓我決定信他一次……

✦

泰文只帶張靖一人過來集會，溫家諾則領來全體冰槍小隊成員。

一看見我，溫家諾無奈的說：「你可終於回來了，再不回來，凱恩的臉都要從白人變黑人了。」

陳彥青湊上來說：「不過他說你就是這副德性，哪天若肯乖乖待在家，肯定是被穿越了！」

「……」可不就是被穿越了嗎？

我朝凱恩瞥了一眼，讓他盡快進入正題，沒時間再蹉跎。

「我們有大麻煩了。」

凱恩把事情一五一十地說出來，就連上官家軍隊的武裝狀況都沒有隱瞞，絲毫沒有騙人家上戰場的意思。

這期間，我仔細觀察泰文和溫家諾，到目前為止，他們的表現還算值得信賴，若是正常狀況下，我方會選擇慢慢磨合，不管是信賴或者戰鬥默契，都需要時間累積。

一旦這些人在疆域待久了，成為元老級人物，背叛的機率就會下降很多，畢竟他們去別的地方中途才加入，又要重新開始累積信任度，根本不會比留在疆域的待遇來得好。

但如今已經沒有時間了！

泰文的臉色十分不好看，皺眉思考，一時間沒有回應，張靖一臉忐忑不安，但他不時看看泰文的臉色，顯然唯對方馬首是瞻。

「這仗打不贏。」溫家諾則平靜地說：「實力相差太懸殊，或許我們該讓出這裡，另找地方建立基地。」

「不能讓！」凱恩冷哼一聲，道：「讓一次就會讓第二次，上官家佔了我們基地，圖的是整個蘭都，我們一次兩次的讓了，乾脆不要待在大都市，找個村子當個村長算啦！」

溫家諾抓頭說：「能不讓，我也不想讓，基地的位置很好，易守難攻，這地方很難得，但是這仗真的打不贏。」

小殺搖頭說：「不用打贏，拖到團長回來就好，只拖三天。」

溫家諾點頭表示知道了，但表情很微妙，他似乎覺得不可能，但又不想再次出言否定滅自家的威風。

凱恩看向另一夥人，泰文和張靖。

泰文坦然的說：「只要有守住的可能性，我們就會幫忙，我們這邊都是普通人，上官家有那麼多專業軍人，不會太重視我們，對我們來說，待在疆域比那邊來得好多了。」

說到這，他話鋒一轉，厲道：「但若如溫隊長說的，根本守不住，希望你們不要硬抗，我們用盡心力，途中犧牲許多人，才終於從蘭都逃出來，不想死在注定要輸的戰役上！」

凱恩摸摸鼻子，雖然知道不能輸，但也似乎不知該怎麼贏，眼尾甚至朝我瞄了一下。

我朝他一個點頭，他領會了，不再只是偷瞄，大剌剌看著我。

這舉動引起其他人的注意，紛紛跟著看過來，卻滿是不解的神色，不明白為什麼凱恩看向我。

「不會輸！」我冷靜的說：「今晚，我會先一步出去拖延時間，但在出基地之前，我想確定你們願意和疆域並肩作戰！」

泰文一怔，狐疑地說：「你出去拖延？你又能做什麼事情來拖延時間？」

我平靜地看向泰文和張靖，緩緩朝兩人走過去，一步兩步三步，過程中漸漸凝聚體內的能量，泰文的表情明顯一變，張靖則有些惶然不安，但反應卻不像泰文這麼明顯。

我猜得果然沒錯，泰文的異能比張靖強，所以他能感覺到我聚集的能量，張靖卻只是感覺到不安。

想當初，闕薇君把結晶都讓給這傢伙，這個泰文的異能總不會是個沒用的異能吧？說不定是個出乎意料的大助力！

寒氣大盛，周圍的氣溫降到冰點以下，泰文整張臉發白，張靖冷得全身發抖，兩人想逃卻又被冰能威壓震得不敢動彈。

見威嚇得差不多了，我踏下最後一步，冰寒之氣爆發出來，將整間大屋結成白霜殿堂，地面、牆面甚至是玻璃窗都被冰晶覆蓋，連大屋外牆面都佈滿尖刺，如果圍牆真的被攻破，大屋本身也是一座可以抵禦的城堡。

這一招讓我耗盡所有體內能量，但不要緊，口袋中有許多結晶，來自於大哥和靳鳳。

泰文和張靖根本不敢動，他們所在的地面冒出許多冰刺，將兩人完全包圍住，無數尖刺指向他們兩人，動作大一點都可能被刺出許多洞洞。

兩人都用驚懼的神情看著我。

溫家諾等人早已見識過冰封場景，但他們的臉色還是有點白，望著我的眼神帶著敬畏，甚至比之前更加戒慎，大約是吃了點結晶，比以前更能夠察覺我的能量高低。

凱恩舉手燃著一把火，是屋內唯一溫暖點的地方，雲茜很上道的拉著我家君君靠在那把火旁邊，更遠一點的長桌上，正忙活著畫圖的叔叔嬸嬸周圍也有把火，凱恩這傢伙看著大剌剌，真做起事來卻頗細心。

我一揮手，滅掉阻隔在我與泰文之間的冰刺，上前一步與他面對面。

「現在能告訴我，你的異能是什麼了嗎？」

泰文瞪著我，眼神滿是不敢置信，張了嘴卻不知該說些什麼。

「哈，他被你嚇到都不敢說話啦！」凱恩露著大白牙，舉起大拇指說：「見識到了吧，書宇可是我們疆域第一高手！團長都沒打贏過自家弟弟！」

張靖驚呼：「怎麼可能？『那個團長』耶，他真的打不贏？」

壓根就沒打過！怎麼贏？

我冷哼一聲沒說話，保持住高手風範，日後打不打得贏大哥是不知道，現在就要當作自己已經贏了！

泰文呼出長長一口氣，說：「真難想像原來你才是疆域的首腦。」

呃，這位泰文同學你是不是有什麼誤會？疆域是我家大哥的傭兵團沒有錯啊，我別說首腦，放在末世前，就連成員都不算，只是一枚家屬而已！

凱恩、雲茜和鄭行的表情都略怪異，但他們竟沒有開口反駁，我只好自己開口澄清：「我大哥才是傭兵團長。」

泰文微微一笑，說：「團長和首腦並不衝突。」

我抽了抽嘴角，懶得理會這個不知在腦補哪齣大戲的傢伙。

「到底說不說異能是什麼？」

泰文點點頭，老實交代：「我的異能是……」

我聽得眼睛都瞪圓了，簡直是打瞌睡有人送枕頭，這異能——絕了！

誰說疆家運氣差！一定不是我！

聽完泰文的異能，我還真有幾分把握守住湛疆基地，如此一來，那個傢伙倒是好解決了，我斜眼看向溫家諾，一句「現在，你打還是不打」就拋過去。

溫家諾竟直接行了個軍禮。

「冰槍小隊隊長溫家諾今晚隨副隊長出征！」

我一怔。

陳彥青連忙補上：「我也去！」

其他小隊成員竟跟著說：「去去去！」

楊熙的雙眼都放光了，直說：「一定要去見識副隊長的威風！」

薛喜更是高喊：「跟隨副隊長大殺四方！」

他家不可愛的妹子薛歡用一種關愛智障的眼神看著雙胞哥哥。

我幽幽地感覺到，自己的冰槍小隊隊員說不定是疆域天兵團中的超級天兵隊。

◆

回過神來，眼前的冰槍小隊看著不像是天兵隊，倒是一個個氣勢十足的專業軍人，堅定的神色還帶著一抹對我的擔憂，真是令人再滿意不過了。

「除非我看起來就要掛掉了，不然你們別管我，快跑就是了。」

我不敢把話說死，如果自己到時真的需要幫助呢？

或許射幾發子彈就能讓我逃過一劫，但他們若因為命令而不敢回頭幫，那我不白死了嗎——呸呸呸！說這什麼不吉利的話，我這輩子可是要當冰皇的！

說完，不知是否錯覺，溫家諾的笑容看起來更順眼了。

「放心吧。」溫家諾掛保證說：「我們不會礙你的事，真到要緊時刻也不會拋下你，相信我的判斷！」

我點頭，倒是真信的，光看這夥人肯在人數武裝相差懸殊之下，還跟著出來夜襲，就知道他們不會拋下我不管。

尤其溫家諾每每看著我，總閃過愧疚不忍的神色，那表情彷彿看見童工被慘無人道地逼著日夜工作似的！

度過這次危機後，我真要好好了解自家小隊的人，有能力又有忠心，這種小隊不好好把握住，那我肯定會從天兵晉升到天將級別！

溫家諾挑著槍，一邊挑一邊解說：「這次的槍都留下來，等你再拿幾次槍回來後，讓阿青一次把槍拿回去，他有空間，加上我們現在的力氣都大，他一個人就能帶所有的槍回去，這樣就可以留下七個人，還有足夠的火力來做最後一波攻擊。」

出門之前，溫家諾聽完我的計劃後，雖然表情複雜，一張「看見童工」臉又擺上了，但他仍舊做好最佳安排，連把大槍都沒有要求帶上，只讓隊員們補充子彈，帶著幾把可憐的小手槍就出門了。

照他說的，槍搶別人的就好！

我點了點頭，把握時間，立刻離開去再次獵殺，就算一個人能夠殺的數目有限，但光是巡邏隊接二連三消失，這點就可以讓他們對這座森林有所顧忌，拖慢行軍的速度，甚至希望可以造成人心惶惶的效果。

接下來，我接連出去三趟，第一和第二趟都遇見五人巡邏小隊，用上幾乎和剛才相同的手法將他們殲滅埋屍拿走武器。

接下來，連續兩次都是六人隊伍，第一次因為沒把握而沒有動手，希望可以遇上五人隊。

第二次再遇見的時候，我明白自己沒有選擇的餘地，果斷出手——

我整個人坐靠著樹，只有滿地屍體相伴，喔不，還有隻小容，他斷了一根主枝條，對照人的肢體，大約是右手吧，可憐兮兮地抱著斷掉的右手磨蹭。

呵！我笑了笑，丟幾塊結晶過去，這棵小樹頓時連右手都不要了，一個彈跳接住結晶，迫不及待就朝樹身中央的洞丟，就像用嘴巴吃了結晶似的。

這棵小樹越長越像個人，四肢皆備，樹身中央甚至有三個洞，活像人的雙眼和嘴巴。

想當初，小容搞錯進化方向，整棵樹長得跟大樓一樣高，等到小鎮的異物被吃光或者跑掉，他又大得動不了，只能整株枯死，化出小枝枒求生。

現在或許是看我的型態不錯，正在模仿人型成長吧？

這樣倒是不錯，至少行動力好了許多，進化到後來，搞不好會出現一支樹人種族？

小容生出一堆小小容，滿地都是圓滾的小樹，讓人想想就覺得樂。

至於樹人族會不會造成人類的威脅，呵呵，滿世界都是新種族，有多這麼一支嗎？

胡思亂想之際，時間也差不多了。

剛才打完六人隊伍後，我吃下一些結晶，坐下來消化那些結晶補充體力和異能，補的大多是異能，結晶對於體力的效果並沒有多好。

算一算，離溫家諾預估的時間沒有多久了。

再過一陣子，大部隊就會發現有巡邏隊到時間點還沒回去覆命，根據溫家諾對軍隊的了解，他認為對方的人數足夠多，巡邏隊失蹤後應該不會按兵不動，反而會派出更多人來地毯式搜尋，避免營地附近有危險，但人數不會多到上百，最有可能是落在四、五十人上下，這樣的武裝人數足夠應付大多數異物。

五十個人剛剛好，再多一點，我要逃跑的困難度太高，再少一點，就算全收拾掉也對基地守衛戰沒有幫助。

前面已經收拾掉二十來個兵，接下來若能把那五十人也一口氣解決掉，這人數對四百部隊來說也是狠咬下一大塊肉，不但夠疼，還能大大打擊對方的士氣。

我埋葬六具屍體，心頭略有不適，殺人這種事，似乎永遠都不能習慣。

再加上自己又是穿越重生這樣的身分，深怕一個錯手把未來的強者扼殺在末世初期，讓人類的處境更加堪憂。

我抿緊唇，這次過後，第一要務就是建設基地，讓人看了就不敢輕易攻打，免得又被逼得不得不殺人自保，讓自己心頭不舒服。

「小容，你把槍帶回去，然後跟著陳彥青送槍回基地，不用再過來了。」

目送小容拖著一堆槍往正確方向前進——其實更像是一堆槍自己長腳跑了，我這才轉身朝目的地前進，敵方的大本營。

雖然，計劃中要收拾的對象只是出來搜索的五十人，但這不妨礙我先潛入到營地周圍去探看看有沒有機會幹掉某個傢伙——吳耀錦！

我快速急奔，其實離營地沒有多遠了，現在又已經不怕暴露行蹤，不過幾分鐘後就抵達上官家紮營的地方，躲進上次小殺選的藏身位置，默默觀察起營地狀況。

密密麻麻的帳篷看起來都差不多，加上距離又太近，潛入當真困難，我皺起眉頭，雖然剛才不是沒想到利用敵軍制服潛入，但馬上就想起自己的臉來，太年輕又太好看，一整個突兀到不行，這能騙得過誰啊！

看來只能無功而返，雖然給冰皇報仇很重要，但現在最重要的還是保住基地，護住疆家所有人，相信冰皇也會同意我的選擇。

正想轉身離開時，眼尾卻瞄見一襲白大衣從某個帳篷走出來，我立刻定住不走，從腰後拔槍出來瞄準那傢伙。

這時，帳篷卻又走出另一個人，他身著湖藍立領長袖衫，衣服十分硬挺，襯得身形英挺，但那衣料薄得絕對不適合天寒地凍的天氣，衣服的左胸上還有分子研究所的標誌，而且他的臉上居然還戴著一張面具！

那張面具看著竟有點眼熟，跟我現在戴的這張竟有幾分相似，只是他的面具雖也泛著藍色光芒，卻是金屬質感，不是用冰做成的。

一看見湖藍立領人，我眼中完全沒有吳耀錦了，整個世界變得灰色不起眼，只有那人的湖藍色是如此刺目。

那個人，很危險！

彷彿是為了驗證我的想法，湖藍立領人轉過頭來，面對的正是我的方向，我完全不敢有僥倖的心理，那人就是發覺有人隱藏在這裡了，絕不是巧合！

太陽穴傳來陣陣刺痛，強烈的危機感襲來，我想跑，但是不知道對方有什麼異能的狀況下，轉身背對那個人不是一個明智的舉動。

他看著我，勾了勾嘴角，隨後卻轉頭對不明就裡的吳耀錦說：「該走了，交易已結束，這裡的事情已與我們無關。」

雖然他說話的對象是吳耀錦，但無疑的，對方是說給我聽的。

這話倒是還算可信，上輩子，分子研究所就是只售賣東西，從不牽涉進各大勢力的紛爭之中。

原來，分子研究所這麼早就開始販售物品了嗎？

果真就如冰皇所說的，他們很不對勁，末日才半年，世界亂糟糟毫無秩序，遠距離通訊在黑霧過後幾乎全都失靈，連國家機器都不得不停擺，反觀分子研究所不但搞出異物研究實驗室，還在半年內開始做生意了？

一直到末世十年，我都沒聽說分子研究所做過什麼賣東西以外的事情，明明連異物研究這種事情都在末世開頭就弄出來了，他們真有可能什麼事都沒做？

該不會十年後的大異變就是他們搞出來的——等等，大異變？

我皺眉，突然不明白為什麼會冒出這個詞來。

自己是被夏震谷推進異物堆死的，那個時候，異物潮來襲是常有的事，稱不上大異變，只是那一次的規模特別大，還有從未聽過的巨大噪音，震耳欲聾，好像整個世界都在響空襲警報。

一整群未曾見過的蟲型異物，鋪天蓋地，所有人都在逃竄，沒有人想到反抗……但這是為什麼呢？當時的人們應該已經習慣跟異物作戰，不至於沒有人升得起一戰之心，難道是因為數量太驚人？

突來一陣能量波動近在咫尺，我嚇得彈開來，險險抓住一根樹幹才沒掉下去。

我立刻朝藍色立領人所在的位置看過去，他勾了勾嘴角，轉身跟吳耀錦走了。

見他沒有再次攻擊的意思，我這才鬆了口氣，朝剛才能量波動的地方一看，樹身中間有一個洞，看起來竟有種說不出的古怪。

我忍不住貼近一看，那是一個立體的正圓，彷彿原本樹中央卡著一顆球，而這球消失了，留下一個球型洞在樹的中心。

但這怎麼可能？什麼樣的能力才能造出這樣的球型洞來？根本不可能從外部破壞……

伸出手去摸那個球型洞，感覺到對方殘存的能量，太陽穴的刺痛更強烈了，那個人確實比我強。

只能慶幸剛才來不及對吳耀錦開槍，否則不管他死不死，我倒是死定了。

雖然分子研究所不參與勢力鬥爭，但若有人敢搶他們的東西或殺他們的人，那通通都會死得非常難看。

如果分子研究所沒有睥睨眾人的實力，光是做出可以運用結晶能量的武器來，他們恐怕就會被人一口吞掉，我竟以為重生就比人家有優勢，可以趁著他們還沒壯大的時候先滅掉，果真是太天真！

想清楚事不可為後，我只能離開，瘋狂滑行到一開始那支巡邏隊的位置，一身能量無法控制的劇烈波動，沿途的樹畏縮著枝幹，對我很是畏懼，若不是不夠強，還沒法拔出根系逃跑，恐怕這裡會變成一片空地而不是樹林。

見狀，我努力壓抑情緒平息波動，要不然以這樣強烈的能量波動，就連一般人都會感到不安，更別提敏銳的軍人。

平復心緒後，我躲到樹上葉子最為茂密的地方，巡邏隊幾乎是同時間出現在不遠處，人數不少，就算沒有五十也有四十個，溫家諾的預估頗準確。

本想靜靜地待他們走過去，從後面突襲先殺死幾個，但他們警戒心很高，押後的人幾乎是倒退在走，這從前面或者後面突襲都沒有多大區別，既然如此，我當然是遠遠地射幾槍，然後速速地逃給他們追。

頭幾槍殺死人的機率高，我沒選最前方的軍人，而是看準中間的那幾個，如果沒猜錯的話，他們之中肯定有一個是帶隊的。

子彈呼嘯而出，兩人中槍倒地，一個倒下就沒了聲息，另一個被打中肩頭，坐倒後整個人被同袍往後拖。

瞄準射完這幾槍後，我開始不管不顧地朝最前排的人射擊，打空整個彈匣後轉身就跑。

這時，對方反應過來開始瘋狂掃射，剛才只是因為還弄不清敵人正確方位沒瞄準好，這才讓我有機會打空彈匣射倒他們的前排，但他們沒多久就發現我在哪，子彈全都射過來。

丟開空槍，我轉身飛快的滑行逃亡，但滑的速度再快也快不過子彈，只能在身後化出冰盾來抵擋，盾面呈圓弧狀，讓子彈非常容易滑開，如此一來，冰盾才不容易被擊破。

這等有用的知識仍舊是叔叔的功勞，本來只是請他和嬸嬸設計一套實用點的鎧甲，方便我有防禦力的同時又不會影響活動，沒想到給來的建議一個比一個有用，知識果真是力量！

但以我此時的能力，臨時化出的冰盾再有知識也擋不住重火力掃射，幸好破了一個盾還有千千萬萬個盾，我總共在身後套上三層盾，只要破了一個就馬上補，能量像是流水般潑出去，但總算不會被射成馬蜂窩。

只要拉開一點距離，我就立刻回身射冰刀，一次只能射一把，因為這是壓縮過的冰刀，極薄且鋒利無比，哪怕是部隊裝甲都難以擋下，只要插進人體就會造成周圍結凍，如果射中腦袋或者胸口，幾乎就是個死字，畢竟沒人可以在大腦或心臟肺臟結凍的情況下活著。

對方無人可以抵擋冰刀，不管射中哪個部位都能讓他們失去行動能力，顯然上官家並沒有發展異能，能量都極低，看來他們和分子研究所的牽扯確實不深，否則不會連異能都沒有。

再一次回頭射出冰刀，一個兵倒下，他背後的人露出來，手持一把巨大的銀色金屬槍械，造型和子彈槍相去甚遠，宛如科幻片中的未來槍械，沒有彈匣也沒有擊錘，取而代之的是金屬能量管和數條輸送細管。

我瞪大眼，瞬間下腰，一道能量轟過來，三層冰盾全破成冰屑，若是沒閃開，這下子肯定得重傷，然後被一堆兵包圍，射過來的子彈多得能將我轟成書君都認不出來的東西！

分子研究所的晶能槍！

踏馬滴，分子研究所肯定有人知道末世會到來！

末世才半年，就連上官家這種有軍政背景的土豪都還沒用結晶練出強大異能來，分子研究所竟連晶能槍都搞出來了？

若是他們不知情，我就把那支晶能槍吞掉！

狼狽地直起腰，我再不敢托大，認真的逃亡，全力防禦，足足放出五層盾，但對方似乎知道我忌憚那支槍，不斷射擊。

可惜，這種能量型槍械的威力強歸強，射擊的速度卻完全比不過子彈，再加上我能夠感覺到能量來襲，倒是不容易被擊中，只是不小心被打中一次就會毀滅五層盾牌，若是來不及補上盾牌，子彈又來襲的話——幸好身上還有一層冰鎧！

偶爾被子彈擦過一些沒有防護的地方，但都只是不礙事的小傷口，不會影響到我的行動，再次感謝叔叔的知識力量！

這時，我卻突然感覺兩波能量同時來襲，頓時臉色都變了，這莫非是第二把晶能槍？

事已至此，我不得不閃進樹林中，原本為了讓溫家諾他們的掃射有最大效益，我特地走在沒有樹的大馬路上，讓背後的追兵也必須跟著走大馬路，因此沒有屏蔽物可以讓我躲藏，只能靠閃躲、冰盾加冰鎧硬扛下來。

現在出現第二把晶能槍，實在扛不住了，我只能提前閃進森林，可惜這一整個晚上的佈局，最後的掃射效益恐怕至少得折半。

我這輩子一定和分子研究所犯沖！

有樹木的遮擋，我的壓力減低許多，然而對方卻因為不斷用晶能槍轟中樹，終於激怒這片森林。

子彈射中樹，樹還能看在對方人多勢眾而忍下來，反正他們身上多幾個洞也沒事，只要不瘋狂掃射，樹都能忍了！

然而用晶能槍射擊就不能忍，一轟就爛了，這再忍下去就要變爛木頭啦！

他們被樹木攻擊，不得不分神去抵禦，幸虧有晶能槍的幫助，仍舊游刃有餘，否則這些兵若因此撤退，那我這一晚的佈置就真的白費功夫了。

眼看與溫家諾約定的地點快到了，在一道能量波襲來的時候，我轉身用冰刀射倒一個兵，這道能量波瞬間擊破五層冰盾，幾顆子彈趁隙擦過我的腿部，褲子立刻被鮮血染紅一大片。

我拖著傷腿無力地靠在樹邊，化出冰盾抵擋，再次被擊破，然後不斷重複這個過程……

他們漸漸包圍逼近，拚命轟炸，簡直把我當作恐怖的大怪物——說不定他們真覺得我是異物，壓根就不是人，哪個人類可以被這麼多支槍掃射還不死？

我半跪在地，一再化出冰盾抵禦源源不絕的彈藥，對方越靠越近，始終不敢輕忽大意，子彈就沒停過哪怕一秒鐘。

終於，那些軍人離我不到十公尺，最前頭的是兩把晶能槍，距離只剩這麼一點，說不定真能穿過五層冰盾，直接轟殺盾後的我……

第三章

三階

沒想到，冰槍小隊的人竟然願意跟我出去偷襲敵方。

原本我連想都不敢想，就怕這些兵覺得疆域將他們當作炮灰棄子，原本已經擔憂他們一聽見四百人就想逃了，要是再叫他們出城偷襲，說不定不用等敵人抵達，內部就要鬧翻天。

溫家諾卻自己提出要跟我去，其他小隊員還願意一起去。

這種能夠同生共死的夥伴，若能安然度過這次危機，我一定將他們看成自己人，與疆域的人同等地位——不，他們就是疆域的一份子！

有人手後，我似乎可以考慮搞出更大的計劃，而不是單純一個人去埋伏偷襲，只能賭運氣看看一晚上能幹掉幾個是幾個——尤其當我通常沒什麼運氣。

雖然冰槍小隊成員有決心，但我可不想失去他們任何一人，這樣有紀律有決心的兵不好找，少一個都心疼！

大部分時間還是只能靠我自己，因為我有把握安然而退，最後再用溫家諾他們搞一點大事件，例如，埋伏掃射似乎就是個不錯的選擇。

將腦中的簡單計劃丟給溫家諾去完善細節，我花了一個小時來觀察泰文的異能，他練得相當不錯，在缺少結晶的支持下，能練成這樣，應該是拚命的結果，之前闕薇君一行人能夠攜家帶眷從蘭都逃出來，他的功勞應該頗大。

我取出一顆結晶，說：「這是二階結晶。」

泰文定定看著那顆結晶，神色透著渴望，但他隨即就抬眼看著我，沒有緊盯著結晶不放，對這個反應，我還算滿意。

「因為你的異能正好可以派上用場，我打算把這顆結晶給你，但這不代表你有資格拿走它。」

我停頓了一下，眼尾偷瞄其他人，很好，都是好奇觀望二階結晶長怎樣的表情居多，倒是沒人因吃不到而臉色難看。

二階結晶放在如今，也算是獨一份了。

我厲道：「要不你現在就離開湛疆基地，否則一吃掉這顆結晶，你離開疆域唯一的方式是死！就算你逃到天涯海角，也不要懷疑我會不會追上去。」

這話說得都帶上脅迫的意味了，實在是沒辦法，沒有時間可以培養信任和默契，只能用利誘加威脅。

聞言，泰文先是皺了皺眉，但沒多久就鬆開來，坦然的說：「根本不需要做選擇，薇君都看上團長不肯走了，如果我敢說拋下她逃走，先別說我老婆會有什麼反應，我自己都過不了自己這關，薇君救過我們好幾次，若是沒有她，我們根本別想出蘭都。」

我抽抽嘴角。結晶可以給你，我大哥可不能送關薇君，想嫁就自己追！
泰文取走我手掌上的結晶，態度謹慎且帶著敬意。
「多謝，我知道這個很珍貴，你放心吧，我不會離開疆域，能夠尋到這樣善待一般民眾的安身之地，我很知足，絕對會盡最大努力保護它！」
知道就好！可不是每個團隊都像疆域這麼有良知，更多的是把男人當炮灰女人當奴隸的鬼地方，我這個歷經末世十年的人最有資格說這話，若是上輩子可以尋到疆域這種好團隊，我寧可戰死也不離開！
我轉頭對凱恩說：「凱恩，除了異能，其他的我也不懂，我能做的就是趁今晚特訓一下大家的異能，你再看著安排他們的位置吧。」
凱恩連連點頭答應：「沒問題，小宇你做的夠多了，本來還覺得不可能擋三天，結果你把這些異能提出來說一說，我都快覺得咱們能打贏了。」
望著眾人紛紛各自忙碌起來，畫鎧甲設計圖的、嘗試合體異能的，還有當場吞掉結晶，馬上開始吸收的……
我捏著口袋裡剩下的那顆二階結晶，原本的打算是把兩顆二階結晶用在自己身上，但沒想到泰文的異能出乎意料地有用，為了守住疆域基地，不得不讓出一顆來。
僅剩的這顆二階結晶，能夠讓我……

上三階嗎？

最後的答案是——可以！

面對四十多支槍一路掃射，若不是突破三階，根本不可能支撐冰盾的消耗，二階到三階是一個極為奇妙的坎，甚至比一階升二階更為重要。

上輩子，有人比喻二階到三階就像是打通任督二脈，整個人都不一樣了，二階仍舊怕子彈怕得要命，但升到三階……我都被四十多支槍掃射了，這答案也是夠明顯的。

若不是沒料到那兩把晶能槍的存在，我也不會耗損這麼多異能，現在的能量比行動之前預估的低太多，不知還有沒有辦法照計劃進行，這筆帳照舊記在分子研究所的帳上！

我半跪在地，狀似無力逃脫，只能勉強支撐，即將被射成馬蜂窩，但實際卻是以手觸地，趁機聚集能量。

抬起頭來，最靠近我的那一個兵立刻察覺不對，他張大嘴欲喊，但已來不及，大量冰霜宛如一條冰河沖刷出去，迅速蔓延到軍人的腳底，可惜這些兵的人數多，站的範圍很大，我無法直接將他們全部凍死。

本是想凍死前面一波人，後面的只凍住腳部，讓他們連跑都跑不了，接著就交給溫家諾他們去掃射，但如今能量太低，我若是凍死前面的人，後面的恐怕連凍住腳都有困難，只好選擇全都凍住腳部，其他的就看溫家諾了。

冰封地面就是信號，我等著溫家諾他們從不遠處的草叢站起來瘋狂掃射一番，然而卻先等到敵方反應過來，又開始新一輪的掃射，遲遲沒有等來溫家諾他們開始動手。

我心頭一驚，難道溫家諾他們叛變了？

現在基地有那麼多軍人，大哥又不在基地，如果這些人真的反叛……

腦中閃過溫家諾和陳彥青的臉，還有其他冰槍小隊員急吼吼的說「要跟來看副隊長大顯神威」，這些兵會是人前演戲人後背叛的陰險角色？

怎麼看怎麼不搭！現實世界可不是宮鬥小說，哪來那麼多擅長演戲的戲精，基地被人攻打還是臨時發生的事情，溫家諾根本連跟其他人串通的機會都沒有。

不會是反叛，一定出了什麼事！

我將冰盾整個甩出去，砸飛面前的幾個人，能量已快見底，再不走，真的要被

射成蜂窩了，三階是能抵禦子彈沒有錯，但不是用來抵擋這種射了又射，還外加晶能槍的攻擊！

三階仍舊是血肉之軀，還沒進展成坦克好嗎！

我朝溫家諾他們理應蹲著的草叢位置衝過去，正要衝進草叢時，突然感覺到不妙，那裡竟有一股陌生的能量，比溫家諾他們都強得多，散佈的位置也頗奇怪，大部分都平貼在地上。

我一踏腳，凍結出一條冰河，因能量過低的關係，冰凍地面的時候無力同時化出冰盾，只能先用冰鎧硬扛下十來顆子彈，在晶能槍的波動襲來之前，勉強凝出冰盾來抵擋。

雖然感覺到晶能槍波動，我卻不能選擇閃開，因為溫家諾他們總算站起來了，一個個都滿身土塊草葉，活像剛從土裡爬出來的某種東西——這說不定是事實。

能量不足的冰盾擋不住能量波，直接擊中我的背，一口血全噴在溫家諾的臉上，讓他看起來更像「某種爬出來的東西」。

他瞪大眼，但動作並沒有減緩，衝上前幾步越過我，開始瘋狂的掃射。

接下來，我享受到被人拖進保護圈的待遇。

兩方人馬對峙，對面有四十人，我方人數七加一，那個一還是能量見底的傷員，實在有點寒磣，但勝在對面有大半的人被凍在地上一時掙脫不了，只能直面溫家諾等人的子彈，然而溫家諾他們卻可以利用樹幹進行掩蔽動作。

雖然這片樹林有點不高興，但是實力不如「人」，他們倒是不敢有多大動作，宛如苦逼的小兵，只能祈禱炮彈不要正好掉在頭上。

我朝地上一看，幾條根葉正奮力想鑽破冰封的地面，其中一根已經鑽破一個小洞，正在努力逃出生天……

我想了想，由這葉子的形狀看起來，應該是番薯？

一腳踩下去，寒氣從小洞往下凍，最後還用腳尖輾碎冰凍的番薯葉洩憤。

疆家果然運氣不好，埋伏都能遇到番薯的逆襲！

八成是等我離開，小容跟陳彥青又拿槍回基地後，這番薯才敢襲擊溫家諾等人，否則有我或者小容在，這番薯應該不敢輕舉妄動。

溫家諾領著六人掃射，但先機已失，僅僅掃倒最前方的幾人，後方的人有時間對付腳下的冰封，子彈繞著腳掃一圈也就脫困了，紛紛躲到樹後反擊。

眼見情況不妙，我方不得不閃躲到樹後對峙，這不是計劃中的事，拿著自己小隊僅僅七人跟幾十個敵人對射，對面甚至有晶能槍，再浪費也不能這樣把小隊員丟進槍林彈雨。

我吞下最後一把結晶，沒時間徹底消化就對眾人吼了一聲。

「走！」

吼完，我凍出無數小刀射出去，意不在攻擊，小刀還飛在空中就爆裂開來，無數碎片朝四面八方噴射，逼得對方全都縮進樹後，冰屑粉塵又能阻礙視線，類似煙霧彈的效果。

見狀，眾人毫不戀戰，轉身就跑，完全無須更多指令。

有一個人瞬間抓起我，單手就把我扣上肩，還跑在所有隊員前方，彷彿我輕得像根羽毛，重量完全可以忽略不計。

但末世之後，所有人的體質變好，連體重都增加了，只是因為力量也同時增加，所以大夥一開始都沒怎麼發現體重的變化，直到有些愛美的女人找來體重計一量，慘烈的尖叫聲讓大家發現這個真相。

這人扣住我的力道非常大，一開始，我稍微掙扎一下，想要自己下來跑，對方抱著我難免拖累速度，但這一使力居然沒能掙脫，這人絕對是力量異能，記得他的名字好像是……

高雲。

名字叫高雲，長得不高卻瘦得像雲一樣快飄起來，在軍人的體態中，他實在太瘦了點，比陳彥青還單薄，加上身高這個硬傷，整個人站在隊伍裡面就是特別小隻，難道就是因為這樣，所以才想要力量？

力量是種很普遍的異能，卻也是不可或缺的，小隊中有一個力量異能者是件好事。

眾人瘋狂奔馳，我不時射出爆裂冰刀阻撓追兵，但即使如此，他們在背後緊追不捨，畢竟我方得找樹木遮擋槍彈，以免中彈，他們卻沒有那種顧忌，只管邊追邊掃射。

槍聲大作之下，我猛然感覺不對，立刻大吼：「全部朝旁邊滾！」

兩股能量轟過來，轟爛兩棵大樹後打中冰槍小隊的所在地——假設我們還在原地的話，但冰槍小隊訓練有素，我一喊完，眾人皆滾，沒人被打中。

爬起來繼續狂奔，好不容易逃出森林，途中不是沒有人中槍，我就發現高雲曾經身體強烈一震，八成是被子彈打中或者擦過去，幸好現在大夥的身體素質高，子彈只要不打中要害或者影響動作的位置，多半還是能繼續跑，就是痛而已，但這群軍人顯然不畏疼。

衝出森林後，溫家諾一個箭步上前，掀開一大叢刺灌木，底下赫然藏著一輛敞篷悍馬，本來有兩輛，但另一輛讓陳彥青開走了。

末世不講究舒適，敞篷後座用力擠擠，七個大男人也能塞進去沒問題！

這時，林佐軍突然出現在駕駛座上，立刻發動車子，沒想到他竟能把瞬間移動用得這麼準確，雖然落座的時候，整個人往前撲，頭重重在方向盤上喀了一下，但他找出異能的時間不長，短時間內能夠掌控成到這個程度已經不容易，回想出發前那晚的特別訓練都還做不到呢！

實戰果然才是真正的訓練，做不到就得死的狀況之下，什麼都做得到了！

眾人紛紛跳上敞篷後座，高雲本想把我塞進副駕駛座，但我卻看見不妙的景象，一把甩脫開他，在車側的腳踏桿上一踩，借力跳到車後，冰盾瞬間凝結出來。

時間緊迫，我甚至來不及套上五層盾，只能瞬間凝出兩層，當晶能槍的衝擊打中盾時，我拚盡全力也只來得及再凝出一層盾，三層盾並不足以擋住衝擊，但這攻擊必須擋住！

現在已經沒有樹木的阻擋，車若再被炸壞，我們只能回頭硬拚，兩邊人數差得太遠，就算僥倖逃脫，恐怕也會出現慘重的傷亡，小隊的成員算算都沒幾個人，一個都不能少！

盾擋不住，我只能用身上的冰鎧硬扛下晶能槍的攻擊，鎧甲裂出幾道大縫，衝擊力之大讓我整個人被轟倒，直接仰面摔進敞篷後座，也不知道壓著誰了，耳邊傳來悶哼聲。

不妙，意識開始有點模糊，我立刻在空中凝出一層冰，讓冰塊直接砸在臉上，冰涼的碎屑讓人精神瞬間清醒，隨後就被全身上下的痛楚衝擊得臉都痛歪了，這還不如昏過去，反正疼得啥事都做不了！

「你、你！」

好不容易從疼痛回神，一眼就看見溫家諾咬牙切齒氣到說不出話來，那臉色黑得好似看見異物大軍來襲。

耳邊全是轟炸般的槍聲，然而他的怒吼竟還清晰可聞：「你一個小孩玩什麼命！」

雖然不是小孩了，但我也只能苦笑，這世道不玩命就會沒命，還能怎麼辦？

溫家諾顯然也明白這點，他沒再繼續罵，直接把我整個人塞到離車頭最近的位置，然後跟其他人一樣蹲低，槍口直指著車後。

幸好，敵人顯然沒料到我們有車，沒辦法再繼續追上來，等他們回去開車來追，別說追人，玻璃怪都追不到，我們這一關算是過了。

「誰身上有繃帶？」

溫家諾收槍轉身，低頭看著我的傷勢，眉頭皺得能夾死末世的蚊子，拳頭大的那種。

「不用繃帶……」

話說到一半就看見溫家諾的眉頭皺得能夾死砂鍋大的蚊子，我趕忙解釋：「我一受傷就會自動把傷口冰凍起來，除非真傷到瀕死，一點能量都不剩，否則不用包紮。」

聞言，溫家諾的眉頭總算鬆了點，人就已經高大得像座山，還皺眉皺成山字型，這是要嚇死誰！

危機過去，一放鬆下來，我整個人都不好了，全身上下恐怕只有頭髮不痛，其他地方都疼得眼冒金星了，只能不斷深呼吸以緩減疼痛。

我氣虛的說：「我先睡一會，回到基地再叫醒我。」

「等等……喂？喂喂！你這不是睡吧，根本是昏倒啊！」

不不不，真的是累睡而已，昏倒會立刻無知覺，但我還能聽到小隊成員說話的聲音彷彿從遙遠的地方傳來。

「有沒有人有結晶？」

「之前不就全都上繳了嗎？」

「偷藏的有沒有？」

「偷藏還敢說出來？」

「我、我真有兩顆偷藏的，現在拿出來能不能不追究？」

「我操，兄弟你有種藏，居然還有種拿出來？」

嘴裡突然被塞進兩顆香甜的東西，我反射性嚼了嚼吞下去。

「我們這些大兵讓個年紀輕輕的孩子保護，如果我還把結晶藏著掖著，這還算是人嗎？」

「算你是人……」

我們就這麼走了，還算是人嗎？

張開眼，我正低頭看著地上，一地斷肢殘軀，血漬已烏黑腥臭，若是放在末世前，這景象能讓所有人都嚇得奔到角落把胃酸都吐光，可末世這才開始多久，有沒有一年？

逃亡的日子過得渾渾噩噩，竟不知道到底過多久了，只覺得每一天都如此漫長，在不知不覺中，這種恐怖景象已經變成常態，再也嚇不倒任何人。

在屍體間走動，我試圖想找出一些有用的東西，但是我們一行人來得晚，前面膽大的人已經先來掃過一遍，武器和食物是最先會被拿走的物資，我不抱希望能找出多少來。

剩下一些零零散散的物資，但聊勝於無，總比進城找物資來得好，好不容易才從城裡逃出來，我可不想為了一口吃的回城裡去，就怕沒那個運氣當飽死鬼。

但這裡真是被搜刮得太乾淨了，連個防彈衣都沒有，我不得不蹲下身來翻動那些血肉，幸好時間尚短，屍體還沒來得及腐爛發臭……咦，這具屍體有手有腳，能夠四肢俱全真是難得——

「唔……」

屍體發出聲音，嚇了我一大跳，立刻拿起刀子往那具屍體的腦袋戳去，他在最後一刻歪了頭，刀子在他臉頰劃出一道長長的血痕。

他看了我一眼，眼神灰暗無望。

這人還活著！

我恍然大悟，接下來卻不知該怎麼辦，對方看完這一眼，竟再沒有再多的動作，不開口求饒，甚至不看我，只是這麼靜靜地垂眼望著地面，似乎在等待什麼。

「你傷得重嗎？」我冷靜地問：「會死的那種？」

他有些詫異地看向我。

末世剛開頭，因為小傷口感染就死去的人很多，最近倒是越來越少了，我猜這個變化說不定和力氣漸漸變大的原因相同，遙想末世前，自己連個礦泉水瓶蓋都要費盡力氣扭開，現在別說瓶蓋，就連礦泉水瓶都能直接扭斷吧。

逃亡途中，我不是沒受過傷，卻沒有因此感染死掉，眼前這人還是軍人呢，身體素質肯定更好，只要受傷不重，說不定能活下來。

況且，剛才他都是等死的神色了，想來也不會為了活一時的命，把傷勢往輕裡說吧？

「快說，哪邊受傷了？」

我催促著問，同時一把抹掉他臉上的血漬，沒了遮掩，臉色如何一目瞭然，失血過多或者快死的人根本瞞不住難看的臉色。

「很多地方……」

沒想到這一抹，卻看見一個慌亂的大男孩，這年紀頂多二十歲吧？若不是穿著軍裝，我都懷疑他不到十八歲，居然是個這麼小的軍人，該不會是從軍校挖出來的吧？

「薇君，走了。」

我抬起頭來，看見夏震谷和小琪，後者不像以前那樣總貼著夏震谷站，反倒回到最開始那般，與別人的男友隔著點距離避嫌。

現在小琪反倒喜歡黏著我，還認真地重新介紹自己的全名是賴樂琪，平常喜歡寫寫故事，在網路上也是個小神級別呢，還曾經給電視劇做過編劇。

末世發生那天，她全神貫注在趕著稿子，好不容易趕完進度，轉頭就看見窗外

黑霧瀰漫，還以為是失火，連忙想去喊家人逃命，卻想到母親在醫院值夜班根本沒回來。

她正想去找唯一在家且總是早睡的父親，都沒來得及走出房間，腳就碰到黑霧，之後當然沒能站起來了。

說到這，她紅著眼，拚命自責自己膽子太小，根本不敢去醫院找母親。

我倒是很能理解，醫院人多，活下來的機率太低了，倒是「過去找母親」這個舉動，喪命的機率接近百分百，這膽子得多大才有勇氣去尋，如果是我媽在醫院，我都不敢保證自己有那個膽子去尋。

至於她的父親，審判日當夜就變成怪物了，幸好她睡覺有鎖門的習慣，最後，父親追著外頭的吵鬧動靜跳窗跑掉，這才讓她有一線生機。

我真心不想知道這位賴樂琪小姐的祖宗八代，一個想搶我男朋友的女人現在卻是一副好閨蜜的模樣，這到底算是怎麼回事？

剛開始真不耐煩聽，但後來抵達軍區收容所，終於不再朝不保夕，反倒沒事情做了，閒著也是閒著，她願意說，人又離我男朋友遠遠的，我就當廣播聽。

「薇君，怎麼了，找到什麼嗎？」夏震谷關心地說：「如果沒有就算了，不要冒險，雖然這些屍體都被吃得差不多，應該不會變成怪物，但也難說有漏網之魚，傷到妳就不好了。」

我抬頭看向他，震谷一臉的擔憂，這段時間以來，他又回到末世前的模樣，總是笑笑的，有點樂天有點呆，甚至和賴樂琪保持距離，不像以前黏黏糊糊的，只差沒明著說他們有姦情。

對我媽的事，他也是道歉再道歉，只說不是故意的，只是反射性就救了旁邊的小琪，後來我責怪他，他只是因為嘴硬不想認錯，所以才胡編藉口。

如果他能改過，我也不想再繼續冷臉下去，逃亡這件事已經讓人精疲力盡，還得鬥小三，天天給男友冷臉看，這實在太累了。

我不由得放柔語氣，不再用針鋒相對的冰冷語調，說：「震谷，這個人還活著。」

聞言，夏震谷有些驚奇地看過來，大概是發現我的態度改變，他也笑了，但隨後把我扯起來，略帶焦急地說：「那也活不了多久，我們快走，等等他死了變成怪物就麻煩了。」

那名年輕軍人一聽到夏震谷的話，眼神一黯，直接垂下頭，竟連一句求援的話都不說。

我突然想起來，這地方連一丁點物資都搜不出來，前頭多半已經來了不少人，這軍人說不定早就求援過了，或許沒人理會他，或許更慘，身上的東西被搜走，人卻被丟下，所以他才會絕望到直接放棄。

我連忙說：「這些犧牲的人畢竟都是軍人，而且這人看起來比我們還小呢，我們不能就這麼走掉。」

「是軍人又怎樣——」不耐煩地說到一半，夏震谷一頓，似乎覺得自己語氣太差，連忙改了口，苦口婆心的說：「薇君，不是我要生氣，但妳已經忘記這些混帳是怎麼對我們了嗎？那什麼上官家的高官，自己吃香喝辣，讓我們啃一些垃圾，吃不飽又穿不暖！」

這段時間以來，夏震谷一直罵罵咧咧氣憤不已，但我卻不敢心懷憤恨，畢竟，比起之前逃亡的生活，在收容所的日子已經算是好的了，或許食物是不如逃亡的時候吃得飽，但至少能睡個好覺。

那種夜不能寢的日子再多過幾天，我都不知道自己會不會乾脆選擇一覺不醒睡個夠。

我輕聲說：「至少有個安穩的地方睡覺，還有口飯吃，都靠這些兵在守著收容所，上面的人吃香喝辣也不關他們的事。」

其實我真的沒那麼好心，連個重傷的陌生人都非得救不可，那種好心腸早在末世開始沒多久就蕩然無存了。

但眼前這名小軍人卻不同，他和這滿地的斷肢殘軀都是軍區的軍人，異物大軍來襲的時候，逃跑的大官和士兵可不少，但躺在地上的這些兵非但沒跑，還擋在第一線，讓我們這些普通人能有一線生機，從另一個入口逃走。

夏震谷卻罵道：「他們沒吃香喝辣？那些兵哪個不吃得比我們好？」

人家用命去守收容所大門，你怎就不提？我深呼吸一口氣，不想再跟夏震谷糾纏這些待遇問題，只想試試能不能保住小軍人的一條命。

「震谷，你看看這人的臉，他才多大年紀，還敢站在最前線守大門，我們就這麼拋下他走掉，這還算是人嗎？」

大概是我的態度堅決，夏震谷最近的態度又比較軟化些，他拗不過我，無奈地說：「愛帶就帶吧，記得把他的手綁好，如果這傢伙死了——」

「我會負責打爆他的頭！」

我一口截斷夏震谷的話，見他不太高興地扭頭去找物資，我蹲下來拍拍小軍人的腦袋，嘗試想把他扶起來，才一移動就聽見他悶哼好幾聲，似乎很痛的樣子，我連忙開口說話，多少轉移他的注意力。

「我說啊，你就跟我們走吧？」

小軍人的身體一僵，抬起頭來快速地看了我一眼，沒有回應，但眼神很是灰

暗，並不像得救的模樣。

我拍拍他的頭頂，笑著說：「別怕，有姐姐罩你呢，真要不行了，我也能送你一程，總歸不會放你一個人獨自在這裡。」

他垂著頭，仍舊不回應，但我感覺到他的身體正微微顫抖，哭了呢這是，就算是軍人，終究還這麼年輕啊，怎麼可能真的做到安然等死，心裡肯定很害怕吧。

他幾不可見地點了點頭。

「弟啊，你叫什麼名字？」

小軍人一怔，抬頭剛想回答，我趁機將他整個人扶著站起來。

他只「呃」了一聲，其他聲音都哽在喉嚨裡，痛得整張臉都發白，幸好還能勉強站起來，就是有點虛弱，右腳似乎受了傷，使不上力只能拖著一條腿，需要人攙扶右半身才能走路。

但總是能走的。我鬆了口氣，如果這小軍人真的連走路都有困難，恐怕我唯一能做的事就真的是送他一程了。

「謝謝……」

輕到不能再輕的道謝聲從低垂著頭的小軍人處傳來。

「我叫衛名允。」

第四章

談判破局

衛名允……

衛小哥！

我整個人從床上彈起來，不敢相信自己竟敢在末世睡得這麼熟，若是有異物靠近，怎麼死的都不知——等等，這裡是我的房間，是疆書宇的房間。

左右張望，沒發現半點危險後，我呆滯地坐在床邊，雙掌用力拍上臉頰，發出好大一聲「啪」，混亂的思緒漸漸平靜下來，隨後立刻開始仔細回憶剛才夢見的過去。

原來，衛小哥一開始就說過自己的全名，只是大家都叫他衛小哥，我也跟著這麼叫，偶爾為了打趣他，會改口叫他衛小弟。

然而夏震谷從一開始就不喜歡衛小哥，只是對方實力高，加入隊伍的時間長，又沒犯過什麼大錯，他若是敢開口趕人，還不知道會有多少隊伍成員想跟衛小哥走呢！

我幾次和衛小哥說話都惹得夏震谷藉機發作，後來為了避免給衛小哥帶去麻煩，我不再和他私下說話，「衛名允」這個全名就這麼給忘了。

即使如此，衛小哥也沒少幫我，救命之恩那是報了又報，似乎對他來說，這恩情根本沒有還清的一天。

想到「救命之恩」，我就有點不安了，這次沒有我去救他，衛小哥該不會真的死在那個收容所吧？

房門突然打開來，我看過去，小殺拿著水壺走進來，看見我醒著便是一怔，隨後鬆口氣，說：「原來你已經醒了，我去給你拿點吃的，吃完得快點——」

我愣愣地望著小殺，腦中突然閃過夏震谷的臉，他正破口大罵。

那什麼上官家的高官，自己吃香喝辣……

「啊！」

我大叫一聲，小殺嚇得水壺都摔在地上，匕首立刻拔出來，左右張望以為有敵人。

整個想通了啊！

上輩子從廣播得知城外不遠處有個收容所，我們拚死拚活逃出城去投奔收容所，那收容所的前身是軍營，就是上官家的軍營！

夏震谷在我面前罵了不知多少次「上官垃圾」或「上官肥貓」，這姓氏這麼獨特，怎麼就沒早點想起來呢！

大概是夏震谷罵罵咧咧的人事物太多，就跟那群小三一樣，多得壓根連臉都記不住，哪可能記得名字。

仔細想想，這輩子的關薇君就住在蘭都，而上輩子，我也是在同一個城市成長、就學，最後就業，因為我媽不願意離開這個有太多她和亡夫回憶的城市，我想著陪伴媽媽，所以一直待在同一座城市。

就算城市名稱不同，而這輩子的關薇君也不是我，但我媽卻沒有變，她肯定會和上輩子一樣不想離開，而關薇君看起來挺孝順，多半會跟我一樣選擇陪伴媽媽吧？

對照下來，蘭都就是上輩子困住我許久的那座大城市！

如果「歷史」不變，蘭都的異物會結夥進攻上官家的軍營，收容所被攻破，那一次死了很多人……

到底是什麼時候發生的事？

我實在想不起來，末世有太多次這樣的經歷，找到庇護所後過幾天安穩日子，隨後又被異物逼得逃亡。

這又是末世剛開始沒多久就發生的事情，後來經歷關薇君的十年，再活過疆書宇的十八年，前後快三十年了，所有的記憶又模糊又混雜，分也分不清——等等，那確實是末世最開始發生的事，甚至還不到第二次黑霧的時間，絕對還不滿一年！

「小宇？」小殺不解地看著我。

我臉色發白的回看他，問：「小殺，現在是幾月？」

小殺皺了一下眉頭，但還是認真思考後回答：「大概二月中到三月初，我不記得確切日期，但應該是這段時間。」

距離末世滿一年，只剩三個月……

這一次，異物還會成群結夥地去攻打上官家的軍營嗎？

在上官家的基地有存亡危機的時刻，他們竟然還有一部分人跑來打我們湛疆基地，上輩子肯定沒這回事，這次收容所該不會因為少了戰力，更快被攻破吧？

畢竟少了四百多名軍人——等等，尼馬，我該不會已經把衛小哥在黑夜中偷襲幹掉了吧？

這念頭嚇得我連忙問：「小殺，你聽過衛名允這個人嗎？」

小殺一臉不解地搖了頭。

也是，衛小哥當時不過是個年輕人，軍校都不知有沒有念完，不可能做出什麼大功績讓小殺記住他。

雖然後來衛小哥確實是滿強的，哪怕被夏震谷苛扣走那麼多進化結晶，他仍舊是隊伍裡數一數二的高手。

這是夏震谷越來越厭惡衛小哥的原因，夏震谷忌憚他，卻又怕他帶走太多人而不敢趕他走，想下黑手又不好下，衛小哥的命可不是那麼好拿的。

再加上，整支隊伍都知道夏震谷有多討厭衛小哥，衛小哥若出事，他的嫌疑最大啊！

衛小哥默默地救過很多人，從不以此要脅回報，年紀又輕，長得很順眼，又帶著未脫的稚氣，女人對他或喜歡或母性氾濫，男人也不會對這種大孩子帶有太大敵意，衛小哥根本是男女通殺呀，一面倒的討人喜歡，不知有多少人暗中看顧他呢。

小殺開口說：「小宇，現在不是發呆的時候，上官的軍隊已經來到小鎮外圍。」

聞言，我立刻回過神來，小殺把地上的水瓶撿起來，檢查裡面還有半壺水後，直接遞過來。

我一邊喝著甜滋滋的蜂蜜水，一邊聽他說現在的狀況。

「你睡了一天，這期間，我們硬餵你吃下幾顆結晶。」

難怪傷勢好這麼多，雖然還是免不了這裡小疼那裡悶痛，但末世只要還能行動，那就叫沒事。

「上官辰鴻到的時間比預料的晚，他們到了以後，只待在鎮外圍，應該是你的偷襲讓他們摸不清我們的底細，不敢直接進攻。」

我點點頭，雖然達到效果了，卻得拚命祈禱這次偷襲沒有幹掉不該殺的人，兩輩子才這麼一次硬起心腸來殺殺殺，結果現在整個人心驚膽戰，深怕把自己上輩子的大恩人直接扼殺在十八歲青春少年時。

「他們想先談判，所以凱恩叫我過來看看你醒了沒有。」

「書君呢？」

我忍不住先問自家小妹在哪裡，自家二哥昏迷不醒，書君竟然沒守在旁邊，這太奇怪了，必須先問清楚才能安心。

「在外面，她的能力不管是防守或進攻都很有優勢，幾乎無人能防，所以凱恩讓她在外面待命。」說到這，小殺補充說：「她的位置很好，易守難攻，而且雲茜也在她旁邊，不到危急時刻不會讓她出手。」

我點頭道：「我換個衣服就過去。」

談判這種事，我肯定沒有凱恩他們在行，但可以有別的用途，例如站在旁邊當個威脅用的大殺器，既然如此，就不能以一副柔弱美少年樣過去。

小殺點頭後先行離開房間。

我從衣櫃挖出一套新的蝴蝶布白衣，穿去偷襲的那套不用想也知道又是破爛血衣一件，幸好當初帶回來的蝴蝶絲布一大團活像座布山，就算當成拋棄式衣物也能用上許久。

才正想套上衣服，一團圓滾滾的東西就率先撲上來，扒著我的胸口不放，主動拉長變扁，最後變成一件透明背心甲，前後不過幾秒鐘時間，這是之前一次次練習的成果。

「疆小容。」我沉默思考一會兒後，慎重地開口說：「待會兒說不定會有一場大戰，到時如果真的打不贏，你可以逃跑，不管冰皇之前到底做了什麼讓你不得不聽話，總之，你不需要為此喪命，我允許你逃跑，你聽得懂嗎？」

懂……？

我隱約感覺到疆小容有點懵懂的思緒，他不是真的懂，但實在沒時間慢慢解釋了，真到最後關頭，乾脆把他撕下來往旁邊扔吧，想來混戰之際，應該沒人有空去為難一件冰晶背心。

我深呼吸一口氣，冰晶從腳底開始往上延伸，凍出冰靴，再戴上冰面具，遮掩住太過年輕漂亮的臉，緊抿嘴角，一張臉面無表情，再次變成前兩天在夜裡偷襲大開殺戒的冷酷模樣。

剛踏出房間就看見小殺站在門外，兩手同時遞來東西，一手肉乾一手結晶，果真是我現在最需要的兩樣東西。

先拒絕肉乾，那點東西不夠吃飽，反倒會勾起饞蟲，現在可不是吃飯的時候，還是先不吃了。

直接一口吞下結晶後，我喚出冰晶匕，又忍不住嘗試呼喚冰皇槍，冰槍仍舊不為所動，但右手上的大片冰紋卻泛著迫人寒氣，與以往沒有多少動靜的模樣大相逕庭。

我倒是沒有很意外，看來升上三階確實不一樣了，雖然三階仍舊喚不出冰皇槍，或許因為三階終究是高手的入門檻而已，根本遠遠不夠。

不知要升到幾階才能再次看見冰皇槍？五階或六階？但不管幾階，總有一天，我一定會再現冰皇槍！

「站遠點。」我開口提醒。

小殺一張嘴，話沒出口，倒是先吐出幾口白煙，他臉色一變，立刻站遠好幾步，又見情況不對，乾脆跳上天花板，攀住壁燈不放，就差那麼一丁點，地上的冰霜就要結到他腿上了。

我帶著一身迫人冰寒，該是時候去當大殺器了。

小殺在前方親自帶路，卻整個人繃得緊緊的，皮膚上的雞皮疙瘩都起來了，八成是入冬以來第一次覺得冷。

大屋外面搭著許多帳篷，民眾們都被聚集到大屋的圍牆內，他們本來一個個不安地竊竊私語，有少部分看起來比較沉穩，還幫忙維持秩序，想想應該是關薇君那夥人。

所有人看見我的反應都挺一致，停下所有言語和動作，張大雙眼地直瞪著我。

小孩們看起來還十分興奮，只是被母親們緊緊抓住不能動彈。

好的，我知道自己看起來像是走錯世界的魔法戰士，奈何冰鎧就是如此半透明系鎧甲風，我也不想太著墨於外型，就為了看起來科技一點。

要知道，戰鬥是分秒必爭，異能是點滴珍貴，必須在瞬間就化出最有用的鎧甲，不要醜得不能見人就好。

路過時，民眾紛紛畏縮身子，顯然覺得很冷，我連忙加快腳步走遠，免得把孩子們凍出好歹。

我掃了一圈，發現民眾不時會偷看著大屋，眼中帶著渴望，顯然很想進去，立刻壓沉語音問小殺：「留守大屋的人都有誰？」

「我方是我、鄭行和百合，你的小隊大部分都留下來了，陳彥青、蘇盈和高雲等人，關薇君那邊是泰文和張靖。」

說完後，小殺示意大門兩旁的軍人開門，他們一轉身，我這才注意到守大門的軍人有兩個冰槍小隊成員，彭偉杰和黃冠綸，前者還以為自己的異能是震動物體，後者再找不出異能就要被我轟了——是真轟！生死關頭最容易爆發異能。

兩人從冰寒之氣認出我來，只是看見我臉上戴著面具，就知道我不打算洩漏身分，所以正努力裝作不認識。

「告訴泰文，我去外圍牆了，還有，讓他隨時準備使用異能。」

小殺交代黃冠綸，後者立刻點頭稱「是」。

我們一邊走出大屋，小殺解說更多現場狀況，他帶著不解的說：「上官辰鴻親自來了，以前他不會跟隨軍隊作戰，不知是不是異能很強，才敢跟著軍隊過來。」

我想了想，說：「他大概以為這次攻打我們基地的任務會很簡單，搶著領功勞吧，畢竟是四百多個全副武裝的軍人，現階段就是異物都會選擇避開他們。」

小殺臭著臉「哼」了一聲。

我試探性的問：「如果我能抓到機會殺掉上官辰鴻，會不會對戰局有幫助？」

畢竟是親戚，就怕小殺還是有點在意，這一殺不知會不會生嫌隙？

至於小殺的親哥上官辰皓，除非萬不得已，我是絕對不會殺的，就算小殺嘴硬說不在乎，但事實看起來恐怕不是真的不在乎。

小殺想了想，不確定的說：「我對上官辰鴻不是很熟，只知道他個性似乎比較張揚，總擺明和上官辰皓作對，但不是會帶隊上戰場的人，在戰場上，恐怕沒多少用處，抓住他當人質可能比較有用。」

抓住比殺掉要來得難多了，我是要先躲在一邊，看看那傢伙是否會輕敵而走到隊伍的前方，或者是直接出去當大殺器呢？

這就交給凱恩去決定吧！

甩完鍋後，我暫時收斂寒氣，讓小殺安排一條隱密的路過去。

以大屋為中心，再隔兩條街的距離，已經徹底圍成一個圓，宛如一座小城池。樓房全被封閉起來，廢棄車輛堆疊在馬路上，再讓土異能者填土，變成一道十分陽春的城牆，只要敵人沒有火箭炮這類犯規的東西，倒也是很夠了，但可惜，我已經知道對方有著只比火箭炮差一點的武器。

其實若有金屬異能者配合著土異能者來建設會來得更加容易，強大的金屬異能者甚至能直接把車扭成鐵塊，簡直是最好的建築材料！

可惜，疆域傭兵團成員裡面沒有金屬異能者，後來加入的成員雖有丁駿和溫家諾是金屬異能，但丁駿的結晶吃得少，鍛鍊的時間也短，能力太弱，派不上多少用場。

溫家諾的能力卻是把自身金屬化，雖然不確定未來能不能控制金屬，但至少目前是做不到了。

剛才小殺還說上官家只駐紮在小鎮外圍，但我們才剛抵達臨時城牆，就聽見大門外邊有動靜，我倆互看一眼後，隨後用各自的方法爬上城牆，沒有驚動任何人，暗暗窺伺牆外。

一上牆，我立刻左右張望，小殺似乎知道我在找什麼，解釋：「不在這裡，書君跟雲茜躲在後方大樓狙擊點。」

我放心了，確認完妹妹的安全無虞，這才能去觀察現場狀況。

大門外，溫家諾正和一個穿羊絨大衣的男人對峙，兩人似乎都沒有帶武器，只各自帶了一個人，溫家諾的身後是林佐軍，擁有瞬間移動能力。

我方的其他人都藏在牆上，一個個用槍瞄準對面。

但對面的人更囂張，羊絨大衣男後面是整整四個橫排，接近一百名的兵，AK47 和 M4 卡賓加起來算算有三、四十把，這要是談不攏翻臉互相開槍，我的冰槍小隊隊長立刻從人變成碎片，連片手掌大的部位都別想找回來！

溫家諾會出去談判，肯定是某人的安排。

我左右張望，沒多久就在大門旁邊找到凱恩，他離溫家諾不遠，正是轉身可進大門，但又不會遠到聽不見談判聲音的好位置。

見凱恩已經安排好了，我只能繼續潛伏，全神貫注，如果見苗頭不對，可以第一時間去搶救自家隊長，至於林佐軍，呵呵，會瞬間移動的傢伙請自己逃命。

「小宇。」小殺低聲說：「那個穿羊絨大衣的男人就是上官辰鴻。」

「他可真有種站出來。」我嘲諷的說，但這不是勇氣，而是實力堆出來的有恃無恐，有眼睛的人都看得出武裝方面的實力差距太大。

小殺很不解，推測：「或許他的異能可以抵擋或閃避子彈，否則不可能站出來，坐到他們那種位置的人都很惜命。」

這倒是有可能，可惜我訓練溫家諾的時間不夠長，否則他這個能把身體金屬化的傢伙根本是一面防彈盾牌，推出去擋子彈剛好，開槍打他搞不好還會被反彈的子彈打中。

「不知道各位來我們湛疆基地有何貴幹？」

溫家諾一開口的語氣就挺差，完全表達出不滿情緒，就一個面對無數 AK47 和 M4 的人來說，這膽量實在大過天。

上官辰鴻卻不急著開口，上下打量溫家諾，慢條斯理的說：「這站姿不錯，你是一名軍人吧？不歸隊就算了，還打算佔地為王？」

我臉都黑了，這傢伙一開口就拿軍隊說嘴，現在末世還不到一年，溫家諾這些認證過的好軍人說不定真當自己還是軍隊中人，自家隊長等等要是「歸隊」去了，我就要哭了。

溫家諾一滯，立刻又恢復痞笑的臉，說：「佔地是有，為王就說不上了，不過是混口飯吃而已，畢竟現在哪有隊可歸，全都各自為政罷了。」

上官辰鴻斥喝道：「誰說無隊可歸？我是上官少將，你的軍階是什麼？報上來，士兵！」

「軍階是炮灰一枚，不小心沒死成而已。」

溫家諾勾著嘴角說話，但那種皮笑肉不笑的表情卻讓人看得心底發寒，若不是天時地利人和，外加有大哥坐鎮，我肯定收服不了這種傢伙吧？

呃，話說，我是真收服溫家諾這傢伙了嗎？

聽到這話，上官辰鴻沉下臉，怒斥：「看來你是鐵了心要叛變！之前來偷襲的人就是你吧？連同袍都能下手，你還是個人嗎？」

溫家諾嗤笑回應：「我這是叛了誰？梔北那邊可是完全聯繫不上，你是老虎不在家，猴子稱霸王啊？」

被比做猴子的上官辰鴻臉色很難看。

「還怪我先出手？難道這麼多兵扛著軍火過來是路過不成？」溫家諾怒道：

「凡事總有個先來後到，我們花了多少功夫拿下這裡，還硬扛著鄰近蘭都，時常被怪物攻擊的危險，建設這麼久，好不容易才有點成果，你一過來張個嘴就要拿走！同袍？你比怪物還狠！」

上官辰鴻重「哼」了一聲，似乎不願自貶身價開口和人辯解，另一個人連忙走上前來，他穿著軍裝，上頭掛著不少勳章，年紀比上官辰鴻還大，看著應該有五十多歲，但態度倒是比上官辰鴻要來得軟和。

他解釋：「我們根本沒打算對你們出手，只是打算收編你們而已，我們有大量的軍火，軍隊人手也多，只是目前的根據地不行，我們把軍營當成收容所，但收容的民眾人數太多，軍營的房屋少，根本不夠住，民眾只能住在帳篷裡，現在天氣冷，凍死的人越來越多，唉。」

老軍人嘆了口氣。

溫家諾冷笑說：「說的倒是好聽，以為我沒當過兵啊？如果我方沒有先去偷襲幹掉你們幾十人，你們現在的態度能放得這麼軟？恐怕你說的『收編方式』得變成不投降就直接打死了事，連談判都不會有！就算投降，我和幾個親近的兄弟還是要死，都不用想辦法讓我們死得無聲無息，只要派出去打怪物，幾次下來不死也得廢！」

老軍人連忙說：「絕對沒有這回事，我們很需要人才，不會隨便犧牲手下的兵，別人你可以不信，難道還信不過同袍嗎？」

溫家諾一揚眉，揚聲：「我自個兒的同袍兄弟我當然信，我們上頭也再沒有一些連戰場都沒上過的人在瞎指揮，至於你們？嘖，上頭說一聲『就算怪物滿世界吃人，咱還是不殺怪物，要帶隊去殺人搶地盤』，你還不是得乖乖來。」

對方冷不防被嘲諷一臉，老臉尷尬得一時不知怎麼回應。

一旁，上官辰鴻卻是聽不下去了，怒道：「看來你是敬酒不吃想吃罰酒！」

溫家諾聽他的語氣不對，臉色一變，整個人的正面突然整片變成銀灰金屬色，幾乎是同一時間，又是槍聲，又是打中金屬的輕微響聲。

老軍人突然叫了一聲後，他臉色痛苦地抱著左手臂，竟是倒楣地被反彈的子彈打中。

上官辰鴻手拿著槍，怒道：「給我開槍！殺了這個人就不用再談下去！」

「住手！」老軍人大吼，忍痛咬著牙說：「他絕不是領頭的人，不能殺他！」

不等對面的兵糾結完兩道截然不同的命令，地面突然升起一道火牆，分隔開三人和對面的兵。

見狀，我立刻跳下城牆，朝著上官辰鴻滑行而去，這是抓住他的絕佳好機會，上官辰鴻壓根就沒反應過來，我直衝到他眼前，他才後知後覺地抬起槍來。

我抬手射出一支冰刀，本想凍住那把槍，但沒想到竟把上官辰鴻整個人直接打爆了！

一個人直接爆炸，卻不是血肉橫飛的場景，只是一堆……紙？我伸手抓住漫天的白色飄浮物，這才發現是紙屑，地上的紙屑堆裡還躺著一把槍，這是什麼狀況？

旁邊的老軍人悶聲一吭，直接倒在地上，一動也不動，看起來是昏迷了。

太陽穴突然一緊，危機感讓我伸手在火牆的內側築出冰壁，幾乎是同時間，槍聲大作。

「所有人退回牆內。」

我朝溫家諾他們喊完，自己抓起地上的老軍人，一邊築出冰壁抵擋絡繹不絕的子彈，一邊退回牆內。

不只對方開槍，我方也在對方開槍後反擊，雙方交火之下，一時槍林彈雨，雖然我方人數居於弱勢，但勝在有道城牆擋著，即使車子鈑金和土磚不見得能擋住所有子彈，但至少能遮擋視線，外加阻擋子彈的去勢，以我方多少吃過結晶的身體強度，只要別一槍正中要害，多半死不了。

這時，我眼尖地看見他們掏出眼熟的槍械，晶能槍！

我大吼：「凱恩，快燒那邊！」
凱恩完全沒有質疑我的話，喊道：「距離太遠，小殺來點風幫幫忙。」
說完，他的手掌合十後朝外拉開，掌心出現一顆火球翻騰不已，隨著手越拉越開，火球越來越大顆，我站得這麼遠都能感覺到熱度。
當火球達到半人高時，凱恩的手向上一托，球體不停向上延伸成一條火龍沖天而起，這時一陣狂風大作，助火龍撲向敵人的方向。
幾道晶能槍的能量襲來，但我早有預料，架起一道道冰壁阻擋。
火龍加上狂風助長，烈焰高溫直衝對方那兩排兵，更可怕的是，不是暫時躲起來就好，這火龍宛如活物一般，竟是會轉彎的，直咬著那些人不放，逼得他們分散成幾隊躲避，以免被一鍋端。
我在最後方那幾人中發現上官辰鴻，他看起來並沒有受傷。
從最前方突然轉移到大後方，還遺留一堆紙和一把槍，這能力不知是怎麼回事，還真獨特，上輩子聽故事都沒聽過這種事。
我低頭瞄了眼地上的老軍人，他昏倒的時機太湊巧，或許那人化紙屑的能力壓根和上官辰鴻無關，而是老軍人的異能。
小殺也看見上官辰鴻了，他冷道：「上官辰鴻果然不是真的站出來談判，他沒那麼大膽。」

「能用這老軍人威脅他嗎？」我問道，這老軍人的能力這麼特殊，胸前別的徽章也挺多的，看起來似乎是重要人物。

小殺搖頭道：「不知，我對上官家的人沒那麼熟。」

這個不熟那個也不認識，好像你不姓上官似的，別以為你叫小殺就姓小啊！

用冰鎖鏈將老軍人捆成粽子，又交代小殺看好他，這傢伙很可能有奇特的異能，等等也變成一堆紙屑消失，那我們真的就白抓了，但要殺掉嘛……又覺得很可惜，這麼獨特的能力，搞不好僅此一家別無分號。

「你又想去哪？」凱恩一邊操縱火龍，一邊咬牙切齒對我吼。

「去搶幾把晶能槍回來。」我比著幾個有晶能槍的人，相信以他的觀察力，應該早發現那幾把槍的存在。

「別去。」溫家諾聽見了，立刻否決：「這裡只有百人上下，其他人很可能正從別的方向進入，這種車和土混合的簡易牆擋不住他們，等凱恩的火龍燒得差不多，我們就開始後撤，利用路上的陷阱，且戰且退回大屋，只有大屋的加固圍牆才真的能擋住他們，等他們到圍牆邊，再讓你妹妹她們放大絕招。」

難怪書君和雲茜一直沒有出手，就是為了當秘密武器嗎？

「好，那我不出去。」

凱恩和溫家諾安排得挺好，我就不添亂了，只要協助撤退，頂多等大絕招放完，我再去撿漏就好，晶能槍的使用只需要進化結晶，放在末世，比任何武器就更實用，不搶個幾把簡直可惜。

火龍的攻擊停下來，凱恩的額頭都冒汗了，看起來耗能不少，但這也不奇怪，畢竟遠距離施放異能並不是簡單的事情，若不是有小殺的風輔助，他這把火根本放不了這麼久。

火龍一消失，對方一陣猛攻，晶能槍的威力很大，一槍擊中能把車土牆連同後面躲著的人都轟出去，被轟中的人不死也爬不起來了。

我的冰壁倒是能擋下來，全力防禦，幾次都救了人，但那些打不中人的攻擊就不管了，晶能槍的數量不少，要全擋下來，實在太過費力。

「凱恩，該撤了，我的冰壁再用下去，太過耗費能量，不划算。」

我想留下一半以上的能量，以防不時之需，就算有進化結晶可以補充，但交戰期間哪有時間慢慢吸收結晶。

「撤！」

凱恩一聲令下，我方開始且戰且退，我方的傷亡倒是不高，看起來都是受傷，倒沒看見誰真死了，但是對面的兵早已有死傷，我都看得心裡不舒服，就不知道溫家諾心裡是怎麼想的。

從神態看來倒是非常堅定，完全沒有動搖，但這反而讓我覺得不安，真能一點都不動搖？明明是挺在乎同袍的傢伙。

仗著對地形的了解，我們順利退回大屋去，剛進入圍牆，我一眼就看見書君和雲茜已經在裡面，看來接下來可以不用那麼關注我家小妹，雲茜很明白書君有多重要，不會置她於險地。

書君立刻衝上來對二哥又摸又抓，確認沒有傷才放心的回到雲茜身邊去，看來她應該是被要求必須緊跟著雲茜，這安排很合適，讓人放心。

泰文走過來，身後跟著張靖，還有我的小隊成員，刁明和薛喜薛歡兩兄妹，應該是保護的意味居多，畢竟泰文先前只是一般市民，不是武力值高的職業，異能又十分特殊，是需要好好保護起來。

泰文看了我幾眼，他也是看過我能力的人，多半認出來了，但他沒有說半句話，直接走到凱恩面前。

「民眾都安置好了，但是有些人想離開。」

凱恩冷哼一聲後：「早先說過，想跑趁早，只要選擇進了大屋就別想跑，現在還敢鬧？直接宰掉！」

泰文抿緊唇，看來是下不了手。

倒是旁邊的薛喜笑嘻嘻地應下：「沒問題，長官，就等您這句話呢。」

他們說話的音量不小，窩在大屋牆邊的民眾聽得很清楚，一個個都低垂著頭深怕被凱恩注意到，他們真是怕了疆域的人，完全不敢造次。

凱恩接二連三的下令，讓我總算明白什麼叫做「全能型」傭兵，難怪大哥會這麼器重他，明明平時看著就是個天兵，關鍵時刻卻真的挺靠譜的。

「小殺你把那老傢伙弄醒，問清他的身分和異能，不說就一片片把他的肉割下來！要是被圍太久，這肉還能拿來涮火鍋呢！」

凱恩這話就驚悚了，但我想他應該只是想嚇嚇那些不安分的民眾……應該吧?!反正我啥肉都吃就不吃人肉！

「溫家諾你上圍牆守著，我待會就上去，要是大門破了，你就給我金屬化當鐵門！」

溫家諾應下，也不耽擱時間，轉身就上牆。

最後，凱恩開始仔細詢問泰文：「敵人上門了，你的異能可以撐多久？」

想想，自己在這裡也沒用，先看了小妹一眼，確定她跟雲茜跟得只差沒直接黏在一起，我家小妹就是這麼聽話乖巧！

隨後，我跟著溫家諾後頭上了圍牆，幾乎所有軍人都在這裡，他們是專業人士，手持槍械又有遮蔽物，大屋一時半會不可能被攻下來，但問題在於我們沒有足夠的彈藥。

溫家諾先是觀察牆外，確定敵人還沒敢馬上攻過來，這才看向我，開口說：「如果你想隱藏身分，就取個代號，不然不好叫人。」

我差點脫口「請叫我冰皇」，但臉真沒這麼大，只好說：「我想想。」

溫家諾點頭，隨後對旁邊站崗的軍人說：「一有人靠近，直接射殺，別看見軍服就心軟，他們可沒這麼好心，現在軍隊各自為政，沒有所謂上級！我們好不容易活到現在，就剩這麼點人，別一時心軟把自己的命送了。」

那軍人認真點頭答應。

聽完，我忍不住說：「你的立場還真堅定，那個老軍人說的話都沒讓你有半點想法嗎？」

說實在的，老軍人說的那些話真的很有說服力，不管是從軍籍下手；用民眾的處境曉之以情；最後又承諾只是收編，絕對不會殺他，但溫家諾從頭到尾似乎就沒有動搖過一星半點。

「要有什麼想法？」溫家諾斥道：「我們幾十個兵讓你一個孩子救上這麼多次，血都不知噴多少在我們身上，這樣還堅定不住立場，那我算什麼玩意兒？」

我勾起嘴角。

「算我家隊長囉！」

第五章

被打腫臉的隊長

我甩出一整面冰盾，護在陳彥青的身前，下一秒，盾破碎成滿地冰片。

陳彥青被沖擊得仰面倒下，溫家諾臉色一變，連忙過去查看戰友的狀況，只見他的呼吸急促，面有痛色，但在溫家諾幫扶之下，還能自己坐起身來。

溫家諾從陳彥青的防彈衣胸口處摳出一枚子彈，彈頭還沾著血，這槍的火力大，防彈衣沒能擋下攻擊，子彈還是擊中了，但若沒有冰盾那一擋，我有強烈的預感，這枚子彈會直接爆掉陳彥青的頭。

我甩出冰盾的角度略有傾斜，即使臨時化出的冰盾在堅固度上不足，卻可靠著傾斜角度改變子彈的去向。

再度感謝叔叔的指導，誰說記憶異能沒有用？關鍵要看有記憶異能的人是誰啊！

再加上叔叔推測，這異能應該不只是記憶，他連思緒都變清晰，思考速度也快，或許不只是記憶，可能是整個大腦能力都被開發出來了，只是在記憶的表現特別好而已。

雖然是沒有攻擊力的異能，但光是讓叔叔幫疆域眾人思考各種異能的使用方法和發展可能性，我就覺得這異能簡直神技！

當然，關鍵還是因為配到叔叔這等博學多聞又擅思考的人，才能這麼有用。

這時，陳彥青終於緩過氣來，看起來受傷不重，他感激地看向我，還誇張地敬禮。

「進大屋去檢查一下傷勢。」

陳彥青點頭，看他還能自己站起來離開，應該沒有大礙。

溫家諾捏著子彈，說：「狙擊槍。」

我點點頭，疑惑的問：「雲茜怎麼沒反擊？」

「可能對方打完就沒再探出頭，或者位置不好打中。」溫家諾解釋：「雖然大屋的地勢高，但建築物的高度都不高，對方若躲在大樓中，她難以反擊——」

一聲槍響，同時，不遠處的大樓玻璃突然破了一扇。

「她反擊了。」我遠目，原來不是不報，時候未到！

「打中沒？」溫家諾好奇問道。

「中了。」

另外半邊沒破的玻璃窗上有噴濺的血跡，血量還不少，除此之外沒半點動靜，人多半是涼了。

「好槍法！」溫家諾讚嘆，又疑惑地說：「怎麼不是她有視力異能？一個狙擊手有視力異能肯定如虎添翼，誰都逃不過她的狙擊。」

別說，我還專門拜託叔叔研究百合的視力異能有什麼發展性。拜託的時候，心情還很複雜，如果視力異能真的沒有太大發展性，百合該怎麼辦？

又或許，其實視力異能還是很有發展性，那我上輩子因為有視力異能就自暴自棄，不是蠢得沒邊嗎？

不過上輩子的我找了夏震谷這種男友，反正都蠢得沒邊了，還是這輩子的百合更重要，視力一定可以是有用的異能！

我警告溫家諾道：「槍械在不久後就會越來越沒用，殺殺一般人還行，但像我這樣上了三階的人，你已經見識過槍械對我的用處有『多大』了。」

溫家諾笑道：「但你這樣的人可就少了。」

我冷冷地說：「只要活十年，就算沒吃半顆結晶，人人都能成為我這樣的人。」

話雖如此，但「活十年」本身就是一個大門檻，接近末世十年左右，團隊中有人用什麼區域內約有多少人去推估全球人口，結論是全球人口大約是一億人到一億五千萬，他還強調這很有可能是高估許多的結果。

原本有七十多億人口，十年後剩下一億多，七十人中只能活一個半，這種高難度的存活率，人人都有三階以上的程度，似乎才是理所當然的事。

只希望這一次，少了十三在梅洲肆虐，還有我們疆域建立起來的基地，能夠讓這塊地方留下更多人——但我們現在卻是要跟人類互相廝殺。

想想就覺得多傻啊！能不能你好我好大家好？

「圍牆內的士兵和平民聽著，我們是上頭派來救援的軍隊，卻遇上想佔地為王的私人軍隊阻撓救援，不要助紂為虐，更不要被騙去當他們的奴隸……」

牆外不停傳來勸導的廣播，說些似是而非的話，擺明是想煽動大屋內的人造反。

我和溫家諾都是臉色一變，此時，後方一陣譁然，我們同時轉頭一看，帳篷區的民眾一個個激動得站起來，嘴裡嚷嚷亂叫，雖聽不清在喊些什麼話，但明眼人一看就知道那段話起效果了。

事已至此，再怒也沒有用，我冷靜的問：「溫家諾，讓你下決定的話，你會怎麼做？」

就我看來，凱恩和溫家諾的手段應該不會差別太大，雖然說到狠勁，溫家諾還不如凱恩，畢竟一個是兵，一個是傭兵，差一個字可是差很多的。

溫家諾冷血的說：「開槍殺兩、三個人，他們就會安靜下來。」

我沉默下來，安靜下來又如何，心都變了，再留人下來還得分心防備。

若是讓凱恩決定，他又會怎麼做呢？總之是不會比溫家諾的「殺兩、三個人立威」更溫和吧？

我沉默一會兒，說：「我去找凱恩，讓他從後門放人出去，想走的人就走，沒必要留下他們。」

這話一出，溫家諾的臉色放鬆許多，其實他根本不想動手吧，什麼殺人示威，嘴上逞逞威風罷了。

溫家諾嘴上卻說：「民眾知道我們有哪些人，放出去恐怕不好。」

「他們知道得不多，還曾經被我大哥和凱恩嚇過幾次，肯定會誇大他們的實力，放出去還有誤導的效果。」

我白了他一眼，嘴硬心軟，白瞎這一副高大如山的硬漢外表，結果也就比陳彥青硬了幾個百分點。

「我不在城牆上的時候，讓大家躲著點，別被狙擊手崩掉，我們人已經夠少了，一個個都得顧好。」

溫家諾誇張地側抬右腳又重重併攏，行了個軍禮，大喊：「是，副隊……咳，長官！保證活著等你回來。」

周圍幾個站得近點的兵都斜眼瞥過來，一臉的無可奈何。

我跳下圍牆，帶著一身冰寒威壓朝著民眾走過去，一個字都沒說就讓他們紛紛安靜下來。

走到眾人面前，不等那幾個主要鬧事的人鼓起勇氣再張嘴，我右腳重重一踩，地面叉出許多冰刺，高度足有三公尺，密密麻麻的冰刺宛如柵欄，將所有人關在冰做成的牢房裡。

「這、這是幹嘛！」

大部分人都慌了，有人或伸手或踹腳，想弄斷冰欄杆，但只要一碰到冰，毫無例外的，一個個被寒氣凍得大聲喊痛。

「要殺人啊！」

「救命！」

幾根圓頭冰柱將那幾個吵鬧的傢伙撞飛出去，一個個倒在地上哀號，倒是沒有讓他們受到太大傷害，我可不想他們傷得太重，等等走不動路無法離開，難道要留著他們過審判日啊？

我冷冷地說：「安靜等著還能有點活路，想死就繼續鬧！」

凱恩衝出來，正好聽見這一句話。

他走過來，故意問：「活路？難道你還想放他們走？」

我保持高人的姿態，沒回話，只是微微一個頷首。

凱恩搔搔腦袋，狀似無奈的說：「嘖嘖，你這座冰山也就不殺手無寸鐵的人這一點上還像個人，這還真麻煩，本來嘛！我覺得這些人知道得太多，如果想跑，那乾脆殺掉省事！」

這話一出，民眾面露驚慌，卻沒有人真的敢再大聲鬧騰。

「讓他們滾！」我順著凱恩的話回答，為了保持冰山人設，就說這麼四個字，實際操作方式就交給凱恩吧，人家可比我老練多了！

凱恩轉過身去對民眾大罵：「算你們這些傢伙走運！除了咱團長，也就這一位有資格開口讓你們活著滾出去！想走就走，能少養點人，我們還樂得輕鬆！就是給我記住了，要是敢透露這邊的事情出去，就等著被做成冰雕！」

這威脅不過是聊勝於無，一旦他們出去了，怎麼做也不是我們能控制的了。

這時，泰文跟張靖急急地從大屋走出來，直接看向他們那方的人，有一群民眾始終保持安靜，雖然在被冰柵欄關起來的時候，免不了慌張，卻沒有什麼實際舉動，甚至沒有試圖去碰冰刺。

我在他們中間看見熟悉的臉，一個是上輩子的媽，另一人是圓臉甜甜女，連名字也叫玉恬，泰文的老婆。

那群民眾看見兩人，立刻緊盯不放，泰文朝他們比了幾個手勢，雖然我看不懂，但民眾卻明顯鬆了口氣，顯然是安撫性質的意思，甚至有人乾脆坐下來，看起來就一副不打算離開的姿態。

我揮手破開幾根冰柵欄，又用較短的冰刺從這個破口圍出一條路直達後門，但卻沒有民眾敢動。

凱恩大喊：「滾！給你們十分鐘，不走的，以後就沒機會走啦。」

民眾還是不敢動，但僵持不過一分鐘，外頭又傳來大聲公宣導，說一些什麼他們有安全的居住地和軍隊保護等等誘人的話，頓時有人忍不住了，幾個中年男人率先拔腿就跑。

我方沒有人理會他們，這讓民眾總算「大膽」起來，紛紛拔腿狂奔，在凱恩故意提醒「你們還有七分鐘」之下，跑得更快了。

限定十分鐘這點不錯，我可不想上官家的人趁機從後門跑進來。

「我們能留下來嗎？」

一個老人牽著孩子，有點緊張地走過來詢問。

我有點訝異，認出這名老人竟是李爺，之前一直想跟我搭話，聽說家裡養了一對不肖兒女的——

「爸！你在說什麼呀？」一個婦女尖聲大叫：「我們才不要留下來，他們都是沒人性的殺人魔……」

說到這，她發現周圍都是驚恐的眼神，這才發現自己竟然當著我們的面罵「殺人魔」，她害怕地看著我和凱恩，「我」了老半天都沒說下去，直接躲到自家老父親身後。

李爺卻沒理會女兒，緊牽著手上的小孫子，又問：「大人，我們想留下來，行不行？一定非得走嗎？」

凱恩看了我一眼，我覺得這李爺有點意思，點頭說：「行。」

凱恩一臉無奈，做出很不想留兩人的神態，順水推舟道：「既然他說行就行了，要留下的人就留吧，就是給我記住，這時不走，以後想走只能橫著出去，懂吧！」

「是是，都不走了。」

李爺緊緊牽著五歲孫子的手不放，不管兒子女兒怎麼罵，他就是不走，最後那一男一女還真的自己走了，拋下老父幼子，跟隨人流，頭都不回的離開。

最後，留在原地就剩下六十多人，我沒記錯的話，大多都是關薇君那邊的人，雖然這人數看起來略少，應該不是完全沒人跑掉，只是看看泰文安然自若的態度，跑掉的那些人多半都沒有出乎他意料之外。

留下的人中，由溫家諾帶來的人有李爺和他的小孫子、王媽和那對小姐弟，或許還有幾個人是我不記得的，但應該不會超過十個。

呵呵，兩百人就剩十個，我家隊長的臉都被這些民眾打爛了。

「為何不走？」

我保持冷酷的態度，忍不住好奇地詢問李爺，本來對他的印象不怎麼好，但真沒想到他會選擇留下來，如果只有他一個，還能解釋成不想活了乾脆留下等死，但帶著小孫子留下來，這意思可就大不相同。

李爺垂眉順目的說：「大人，我這祖孫倆，老的掉牙，小的沒長牙，再走能走多遠？況且，哪裡才是好地方，哪些人是好的，我這把年紀看得多了，還分得清。」

說完，他還是忍不住看向兒女頭都不回地離去的方向，一時間老淚縱橫，或許有幾分作戲的意思，但那眼中透出的濃濃悲哀卻不可能是假的。

「我真是老啦，沒力氣顧這麼多沒長大的孩子，但我這孫子是好的，真是一個好的呀！為了他，我怎麼也得賭一把，求大人多看顧他，他叫做李昱，從小就乖巧，不像他那父親和姑姑被我寵壞了，都是我自作自受！」

小孫子緊緊抱著爺爺，連父親走掉都沒有多大反應，可見平常有那父親就跟沒有一樣，孩子似懂非懂的安慰：「爺爺不哭，小昱會乖乖的。」

我看著這孩子，瘦巴巴的，剛才那一男一女還是微胖身材呢，看來李爺這是不得不取捨，否則這孫子肯定養不大了。

看見孩子知道疼惜爺爺，李爺更是不捨了，再三懇求：「大人，我家這小孩兒乖，從小養起，日後一定不會背叛您——」

「孩子優先。」

我打斷他的話，什麼從小養著不背叛，又不是古代在養侍衛和死士，這麼專制落後的事，我一個現代人才不做呢！

李爺一怔，面露欣喜，語氣真誠許多。

「大人說的是，孩子才是未來。」

這時，城牆上突然槍聲大作，是我們的兵在開槍，溫家諾朝我們高喊解釋：「有部分敵人往後門前進，已逼退。」

明明還有個掛滿勳章的老軍人在我們手上，他們就這麼毫不在乎的該做啥就做啥，一點顧忌的心都沒有，甚至沒試著提出談判把人弄回去，上官辰鴻這人實在讓人心寒，基地絕對不能讓給這種人！

我轉頭對另一人說：「泰文，帶留下來的人進大屋去，免得被流彈傷到。」

泰文和張靖樂意得很，留下來的人幾乎都是他們帶來的，立刻就去招呼所有人進大屋避難。

那些民眾一聽能進大屋，個個臉上都是慶幸，一副沒選錯的喜滋滋樣。

等到無關人士都走了，凱恩這才不演戲，直說：「那些民眾跑了倒是好，反正好吃懶作難指揮，現在看起來更是一群養不熟的白眼狼，比起小關那邊的人差多了。」

這話若是讓溫家諾聽見，他不知得有多尷尬呢！

「那些人不用幾天就得悲從中來啦。」凱恩樂得說：「那些兵是能帶多少口糧，哪可能分給兩百人啊，這小鎮又讓我們搜過這麼多次，根本沒剩多少物資，尤其沒有吃的。」

應該用「自食惡果」比較合適，雖然他們會悲從中來也是真的。

「如果那些白眼狼回頭來求，你可別再答應放他們進來。」凱恩白了我一眼，忍不住說：「我是真服了你的心軟啦，聖父大人，到時你乾脆躲著別看，免得一見婦女小孩就想放人進來，行不行？」

「行！」我點頭答應，心裡卻是百般委屈無人知。

我才不是聖父呢，只是知道十年後人口有多低，人類處境有多差，婦女孩童在末世本就存活不易，但他們一個能生孩子，一個能長大，不好好保護，到時就剩一堆男人，難不成活完這一代，人類打算直接亡族滅種了？

罷了，還是趕緊把基地建設起來，等實力和物資都有了，沒有後顧之憂，到時想收多少婦女孩童，還有誰敢阻止我？

為了能收多多的婦女孩童進基地，現在得狠下心殺退來犯的敵人，希望先祖們有靈，看著我對人類的延續有貢獻的份上，保佑我千萬不要殺到衛小哥……

凱恩突然拍了拍我的肩膀示意某個方向，只見小殺走過來，手上還牽著被冰鎖鏈綁住的老軍人，將人交給大屋守門口的軍人後，大步走過來跟我回報。

「這名老兵是上官辰鴻的父親從軍時的手下，因為立過幾個大功，一直待在軍隊裡升到少將，他是上官家在軍方的老班底，後來上官辰鴻也是送到他的軍隊照看。」說到這，小殺老實的說：「要讓他叛離上官家不容易，他的家人全在上官家的基地。」

喔，這個早猜到了，你們不要覺得我看見人就想收下好嗎？又不是收人狂魔！到現在也就收了……關薇君那一群和溫家諾這一群。

貌似疆域以外的人都是我收的，立刻無言以對，有這樣自己秒打自己臉的嗎？

解釋完對方不會歸順後，小殺這才敢說明老軍人的異能。

「他的能力是替身，可以用任何東西當作真人的替身，兩者可以主動交換位置，或是有物體接觸的瞬間被動交換，是個保命技！缺點是有次數限制，距離短，目前替身的距離只有方圓十公尺，持續時間也短，十分鐘就必須重新設置，且不管怎麼吃結晶都無法延長時間，只有距離會緩慢增加，一開始甚至只有一公尺遠。」

凱恩讚嘆：「十分鐘和十公尺的限制真可惜，如果時間和距離可以加長，這能力不得了啊！」

我搖頭說：「不一定不能增加時間，或許是要跨過某個門檻，例如進階。」

這能力不只保命，用來戰鬥也是相當詭譎的能力，但放在老軍人身上，這能力好不好用就不好說了，他的年紀大，手下一堆兵擋在前頭，恐怕根本不會親自下場戰鬥，否則這能力一強，可以接二連三設下替身，簡直是打不死還會瞬移的小強，誰想跟他打啊！

「他竟然交代得這麼清楚？」我有點納悶了。

小殺老實交代：「讓蘇盈先用讀心術探聽出一些，加上我對上官家的了解，這才詐他說出來。」

原來如此，蘇盈的能力放在末世前很逆天，放在末世後嘛，又是一個不好說的異能，目前對異物沒多大作用，異物現在的心聲除了吃還是吃。

拿來對付人倒是有用得多，但這能力一方面讓人忌憚，另一方面又得靠別人保護，這要是沒遇到好人，真的會很慘。

小殺看了不遠處的老軍人一眼，說：「我怕他還有能力沒說出來，只能帶過來，免得他逃走──」

「你們快上來看看！」城牆上的溫家諾突然著急地大喊：「情況不對！」

我立刻喊：「前門還是後門？」

「來我這就對了！」

我和凱恩、小殺互視一眼，隨後衝向牆上。

溫家諾一句話都沒說，就比著一個方向讓我們看。

放眼望去似乎沒有不對，只有遠方地平面起了一些煙塵，但我們都知溫家諾不會無的放矢，所以都緊盯著那些煙塵，發現隨著時間越久，煙塵沒有退去，反而越滾越大。

那是有大批的東西衝過來了！

凱恩脫口：「是不是老大帶人回來支援啦？」

「不可能。」小殺一口否決：「那人數看起來太多了，如果真能找到那麼多援兵，團長就不可能這麼快回到基地，人數越多，行軍速度越慢。」

溫家諾沉重的說：「會不會是上官家的支援？」

三人的臉都沉了下去。

這場景很讓人感到熟悉，我心中警鐘狂響，瞇起眼想看得更遠一些……

幾束陽光穿透煙塵，照出那底下的形狀，竟是五花八門的巨大形體！

「異物潮！」

我震驚地脫口而出，這就是當年攻破收容所，甚至長年讓所有基地避之唯恐不及的玩意兒！

其他人看過來，不解的問：「異物潮？那是什麼？」

我著急地解釋：「異物們有時會集結在一起，合作尋找『食物』，就像浪潮襲來，通常裡面還會有一個到數個等級特別高的異物頭頭！」

之前還在擔心上官的收容所被異物潮攻破，衛小哥沒人去救的問題，沒想到，我們竟也會遭遇異物潮？

或者……其實這就是當年我還是關薇君時，第一次在收容所遭遇的異物潮？

上官家進攻引起的動靜太大，讓異物潮的目標從上官家收容所變成我們的湛疆基地，這也是很有可能的事情！

凱恩抓著頭問：「我們現在該怎麼辦？守得住嗎？還是這次真的要逃命去啦？」

如果上輩子被攻破的收容所真是上官家目前的基地，他們身處軍營，手上有兵又有軍火，結果還是落得被攻破的下場……

我搖頭說：「就憑我們這些人，恐怕守不住。」

凱恩「嘖」了一聲，略有不甘的說：「千安排萬打算，結果還是得跑，末世果然是計劃趕不上變化。」

可不是嗎？我一開始還想著躲在郊區穩定發育，結果被花屍鳥抓上天飛進市區，若不是如此……冰皇降臨的時候，說不定我們都在家，等著迎接第二個大哥。

啊，這麼想想，一口血都要噴出來了，大哥殺沈芊如還真是殺得沒錯，這是血仇啊！

外面傳來騷動，上官家那邊似乎也發現不對勁，異物群前進的聲響開始隱約可以聽見，籠罩在煙塵下的形體越來越清晰，而且那煙塵的前端已經開始接近小鎮最外圍。

「這速度太快了。」溫家諾沉著臉說：「這麼快的速度，就算是我們都不見得跑得掉，更別提一般民眾。」

確實，這速度哪怕開車都不見得能跑掉，畢竟現在馬路可沒人維護，障礙物太多，車子開不快，還可能被堵住動彈不得。

我們這些人或許還有一絲機會跑掉，但一般民眾就死定了。

守是守不住，跑又不見得能跑掉。

我們三人臉色都不好看，我咬牙下決定說：「死守！等大哥回來。」

兩人點頭同意了，也只能如此。

「開門！快開門讓我們進去！你們不能見死不救！」

外頭傳來氣急敗壞的廣播聲音，那是上官辰鴻。

我咬著牙，絕對不能當聖父，就算剛剛出去的民眾裡面有小孩，也不能……

「讓他們進來吧。」溫家諾開口說：「現在只能合作了，我們人不夠，軍火也不夠。」

凱恩「嗯」了一聲，無奈的說：「這可真坑人了，剛剛還不死不休，現在就得合作，本來還等著看那些白眼狼倒楣，結果是大家一起倒楣！小殺你的速度快，去拿大聲公上來，我得先聲明暫時合作的立場。」

小殺領命後直接跳下圍牆，靠著風減緩下降的速度，最後在地上滾了一圈卸除剩餘的衝擊，然後飛快地跑向大屋。

我覺得不太妙的問：「讓他們進來不會馬上反客為主嗎？」

兩人互看一眼後，竟默契十足的一起扭頭看向我。

「當然會啊，所以要靠你啦。」凱恩理所當然地說。

「啊？」我滿頭霧水，嘗試提問：「是要我殺掉上官辰鴻？」

溫家諾無奈的說：「不是，你殺了他，兩邊會立刻打起來，到時只能一起被外面的異物吃掉。」

「那是要我幹嘛？快說啊，異物都快到腳下啦！」

溫家諾仔細解釋：「你要在上官辰鴻有動作的時候，第一時間用異能震住他們。」

聽到是這樣，我立刻一口應下：「這沒問題。」

溫家諾卻還不放心，仔細說明：「一定要讓他們覺得你深不可測，可怕到讓人不能反抗，還要表現出不聽我們指揮，一副我行我素的樣子。」

「我扮黑臉你們白臉？」我理解地反問。

溫家諾點頭，一副孺子可教的表情。

「所以啊！」凱恩露出大白牙，笑著說：「現在就取個名號吧，總不能開口就叫你書宇，那你這張面具可就白戴囉。」

叫我冰皇！但這稱號真沒臉自己說出來……

我冷著臉說：「想不出來。」所以你最好能想出來我要的名號。

溫家諾和凱恩又互看一眼，你們啥時感情變這麼好了？別一副彷彿用眼神就知道對方在想什麼的模樣，我要把你們湊對了喔！說好的喜歡蘇盈呢！

最後，兩人竟異口同聲的說出同一個名號，想反駁都不能了啊！

第六章

冰槍發威

大門一開，我還以為外面的人會瞬間衝進來，宛如蝗蟲過境般不可控，畢竟那群民眾一直以來就是那副德性，然而他們卻被軍人的槍桿子擋下來，只能乖乖跟在軍隊的後方。

見狀，我實在無言以對，雖然咱家大哥和凱恩也有拿槍轟人的狠勁，但他們對於管理民眾卻沒有多少興趣，有人鬧事就武力鎮壓，壓完又懶得管，雖然應該也有沒時間管的因素在，畢竟疆域的人手實在少得可憐。

過後要跟大哥提議找專門的人來負責這些事——等等，或許泰文就是一個很合適的人選？

他們帶領的民眾素質這麼好，靠的應該不只是關薇君的拳頭，這些日子看下來，泰文應該也貢獻不少，這是個管理民眾的好人才，再加上那個獨特又有用的能力，絕對不能放走這種人才，回頭就跟大哥提一提。

前提是這一次還能活下來的話……

比起上官家，外面的異物潮更讓我沒有把握能夠撐下去，如果這群異物潮就是當年攻破收容所的那一群，恐怕就算大哥領著支援到了，或許都不見得有用。

但我可不打算就此放棄不活了！

外面那些軍人們一進來，立刻湧到凱恩面前幾步遠的地方，我的戒心立刻升到

最高，要不是早跟凱恩約定好發動示威的暗號，差點都忍不住跳下去，在凱恩面前築起一道堅不可破的冰壁。

上官辰鴻在一群菁英軍的護擁之下，走到凱恩等人面前，臉色絕對不友好，沒放下的槍口更是有立刻開戰的傾向。

凱恩「嗤」了一聲，嘲諷道：「怎麼？才進來就打算把剛剛發誓合作對抗異物，絕對不內鬨的話都給吃了？現在不立刻上城牆，也就不用上去了。」

上官辰鴻臉色黑沉，顯然並不打算照凱恩說的去做。

見狀，我也有了打算，準備幾道巨大冰刃，等凱恩的暗號一下，立即出手威嚇，但這時卻有人早一步出聲。

「第二三四小隊，立刻上牆！聽從上面的人指揮。」

在凱恩的斜後方，老軍人厲聲下令，此時他已經被我方放開，畢竟現在的關係已經變成合作抗敵，若還捆著人家的上司不放，這合作就太沒誠意了。

反正光看之前他們試都沒試過談判救回老軍人，人質威脅這招多半也沒用。

老軍人的命令一下完，好幾隊軍人立刻轉身上牆，看都沒看上官辰鴻一眼，這讓上官辰鴻的臉色更黑了，但他卻沒有開口。

這真是出人意料之外，軍隊真正的指揮者搞不好是我們剛抓到手的老軍人也說不定，難怪上官辰鴻壓根不想來救他，這根本就想借刀殺人吧？

「先共度難關。」老軍人對上官辰鴻解釋幾句：「外頭的怪物吃人，要保住性命，不能起內鬨。」

上官辰鴻怒斥：「難道我們還得聽他們指揮不成？」

老軍人還待勸說，但城牆上已經傳來大量槍響，所有人都是臉色一變，這下什麼都不用再說了，老軍人怒吼「立刻上牆」，還來不及上牆的軍人三步併作兩步，幾乎是跳著上去。

凱恩回頭朝我使了個眼色，又看看城牆，這意思應該是讓我跟著上牆去看看狀況。

見他游刃有餘，老軍人也是誠心想合作，我再無顧慮，直接踩上城牆，僅靠著衝力和冰的黏結就上了牆頂。

過程中，背後還傳來「那到底是什麼人」等等的驚嘆聲，這讓人更放心了，雖然上官家和分子研究所有關聯，還出現黑影人這等東西，但對異能的運用顯然遠遠落後我方。

我走到溫家諾身旁，朝外頭一看，異物揚起的煙塵離大屋圍牆就隔著那麼兩條街，他們卻停下腳步，沒再繼續靠近。

「異物在我們開槍之前就停下來沒再靠近。」溫家諾感到奇怪的說：「我不知他們為什麼突然停下來，而且還一口氣全都停下來，所以剛才開槍試探試探，他們躲的速度很快，沒有聽見幾聲慘叫。」

我瞇起眼，在漸漸散去的煙塵中看清那些異物的模樣，那竟是一大群犬人，數量之多，光看那些還藏在煙塵中密密麻麻的狗影子，粗估可能至少有五百，更別提還有其他奇形怪狀的異物，總數或許近兩千。

這絕對不是當初襲擊上官軍營的異物！雖然時間久了，但末世初期遇上數量這麼多的犬人，我一定會留下深刻的印象。

最初的異物潮都是五花八門的異物湊在一起進攻，至少要到中期以後，人開始抱團組中大型基地，而異物們也進化到足夠聰明，才漸漸有同族或類似族類共同形成一個異物聚落的狀況。

就算上輩子孤陋寡聞，但絕對不會弄錯這麼基本的東西，比起頂階十二強者這類活在傳說中的人物，異物潮來襲可是實際多了，上輩子根本在實踐一本叫做「如何在異物潮中存活」的生存手冊。

「這是不是不大對頭了？」溫家諾也察覺不對勁，「還真沒有見過這麼多同類型的異物聚在一起，而且他們停下來的動作太整齊，很可能有人指揮。」

我皺眉問：「你有聽見狼嚎之類的聲音嗎？」

溫家諾皺眉搖頭。

犬人確實會受到更高一等的狼人指揮，但狼人指揮也是得出聲的，要讓數百個犬人都聽見，聲音肯定不小，溫家諾不會沒有發現。

雖然感覺不可能，但想想疆家——不，是我自己的衰運，還是別自欺欺人了吧！每次倒楣都有我，大哥小妹卻不一定在，再想想大哥挑傭兵成員的好運氣……

我深呼吸一口氣，八成是把好運都用在重活一回，還能擁有這麼好的兄妹叔嬸這些好事上頭了，接下來只剩衰運當磨練，也是，人總不能把一切好處都佔了。

「我猜測，這些犬人中，至少有一個更高階的『狼人』，此外，或許還有精神系異物。」

「狼人？精神系異物？」溫家諾雖是第一次聽聞這兩詞，卻敏銳地發覺不妙。

我解釋道：「狼人是犬人的進化體，犬人會服從狼人的指揮，他們是群聚型異物，精神系異物則著重於腦力發展，智商很高，而且還有一些隔空傳話之類的能力。」

群聚型犬人加上高智商異物湊在一起，這組合簡直不能更糟，雖然到了末世中後期，這種組合很常見，其中的精神系佼佼者就是之前遇過的腦魔，雖然不知腦魔到底是人是異物，反正他們最後是倒向異物那邊去了。

大概是腦魔的外表實在太怪異，人類根本不可能真心接受他們，而異物的外貌五花八門，從來就不在意外表，他們只著重力量。

但也因此，末世初期的異物根本不會注意到精神系異能的重要性，遇上腦魔，拿來吃豆腐腦還差不多，怎麼可能會合作！

就算想歸咎於重生的蝴蝶效應，但我跟異物的交集就是殺掉再殺掉，說單單一個我會影響到異物整體的演進，這會不會太誇張！

溫家諾皺眉問道：「如果殺掉領頭的狼人，他們會退嗎？」

擒賊先擒王嗎？我皺眉說：「可能不會，這犬人的數量太多，狼人有可能不止一隻，而且犬人的嗅覺靈敏，很難避開他們直取首領的腦袋。」

更何況這支異物軍隊不只犬人，其他異物也是不少，狼人或許還真有可能不是主要領頭的異物。

溫家諾表示明白，略帶疑惑的說：「你倒是很了解這些怪物，還取了『異物』這個名字，如今看來真是貼切，這些東西竟然會集結成大軍，『怪物』這詞還真是小看了。」

聞言，我心頭一驚，幸好鎮定功夫還算有一點，冷靜的說：「當然了解，你以為我的實力是怎麼來的？我可是在異物堆裡一路打起來的！」

溫家諾似乎仍有疑惑，但遠方突來一陣狼嚎打斷他想說的話，我倆的臉色都變了，立刻看向兩條街外的狀況。

大批的犬人朝大屋奔馳過來，速度風馳電掣，轉眼便前進一大段距離。

我厲聲道：「開槍！不能讓他們靠近圍牆！」

雖然圍牆已經被蓋得像是城牆，高度足有兩層樓，牆面充滿尖銳物，完全踩不得，但犬人的跳躍力驚人，只要給他們一些墊腳的東西，很有可能直接越上城牆。

現在最容易取得的墊腳物就是同伴堆積如山的屍體，所以不能讓他們死得太靠近城牆。

槍聲大作，最前排的犬人瞬間被掃射得趴下沒再爬起來，此時卻又是一聲狼嚎，過後，犬人們竟朝四面八方散開，或進入建築物，或尋找掩蔽物，不再一個勁往前衝。

「操！」溫家諾突然低罵幾聲。

我看過去，發現他的視線根本不在正面戰場上，而是朝右邊看，我這才發現側邊竟有其他異物朝著大屋包抄過來！

這些異物的種類不像犬人這麼統一，五花八門，許多都長得歪七扭八，讓人根本看不出是哪種異物，或許是還沒真正進化成功，也可能是後來絕跡了。

末世是新物種大爆發的時期，但絕種更是天天發生的事，我能記得的物種都是存活到後期，比較有名的種類。

這股異物潮以犬人為正面進攻主力，其他異物則從側面靜悄悄的入侵，這陣式真讓人心驚膽戰，莫非又遇上一個腦魔？

除了這種半人半異物的東西，還有什麼異物能在現今這時期就擁有指揮若定的能力，這應該不是我上輩子太無知的問題吧？

「所有人邊射擊邊往側邊移動！」喊完，溫家諾又往後衝，低頭對下方喊：「凱恩，讓人去後面城牆防守！」

連個解釋都沒有，凱恩一聲「好」就傳上來了，真不愧是專業級的。

我站在城牆上不動，犬人的距離太遠，暫時不合適出手，雖然冰能量已經可以到達那麼遠的距離，但這太耗費能量了，還不如用槍呢！

沒有帶槍……我皺眉左右找尋，只見溫家諾在城牆上大步行走，到處觀察異物潮進攻的狀況，忙得只能趁隙射幾槍，我索性在他路過的時候一把將槍搶走。

他還愣住的時候，我回身就射出三發子彈，命中一隻躲在車後的犬人，腦袋、右肩頭和膝蓋各中一槍，哪怕他的腦殼太硬，子彈射不穿，缺手少腿的也沒有威脅性了。

雖然沒有視力異能，但是憑著三階的視力以及對危險感應，我能射得比誰都遠，準頭也不容忽視，雖然說不上箭無虛發的神射手，但視力好，手又能穩穩不動，命中率當然也高。

見狀，溫家諾立刻說：「你試試能不能找出狼人。」

我沒說話只是點頭，同時還射出幾發子彈，準確命中一隻異物，他長得手長腳長，看起來就是很會攀爬的樣子，當然優先解決。

隨著彈雨傾盆而下，犬人跑到後來幾乎不敢探頭，直接躲著不出來，如今這情勢看起來，靠著城牆和強大火力，四百打兩千倒是真有可能——不對！

我衝到牆邊往下一看，倒是沒看見不對勁，但是直覺卻告訴我，要來不及了！手一撐，我直接從城牆跳下去，甚至沒有化出冰片來踩，現在越快落地越好，不需要緩衝啦！

周圍的軍人個個瞪大眼，還有人大喊：「有人掉下去啦！」

溫家諾奔到牆邊往下看，神色駭然的大喊。

「書——冰槍！」

我落到地面後立刻雙手觸地，冰霜蔓延，大部分直直往下衝，只有少數溢到地面，但即使是少部分，也在地面凍出一整片白霜。

地上冒著寒氣，異物紛紛躲進掩蔽物後，連城牆上的槍聲都突然停了，安靜得不像戰場。

溫家諾打破這片靜默，他著急地說：「冰槍，你快上來——」

話還沒說完，一股「黑油」從地底不停湧出來，還伴隨著「吱吱」叫聲，大股大股的角鼠從地裡冒出來，數量多到像是黑油噴泉溢出地面後，一波一波的蔓延開來，噁心的程度足讓人全身起滿雞皮疙瘩。

若不是我及時冰凍地下的土壤，擋住角鼠的去路，這股「黑油」湧出來的地點可就不是牆外，而是牆內！

這時，城牆上的軍人似乎終於回過神來，槍聲狂轟猛炸，比剛才打犬人更激烈。

「停火！」我高喊。

角鼠這麼小的東西不好用槍械去打，子彈再多也不能這麼浪費，誰知道後面還有多少異物，雖然也不能不擋，一旦讓角鼠靠近城牆，不管他們是死是活，都是一道現成的登牆梯。

即使如此，還是不能用彈藥打，要是把彈匣都打光，豈不是正好方便後面的異物進攻。

牆上的槍聲太大，我的喊聲根本沒引起軍人的注意，就算正上方靠得近的人有聽見，說不定也不想理會，畢竟那如黑色浪潮的角鼠群實在太駭人，而我又沒有威信力……

頂上突然傳來溫家諾的怒吼，音量大到都快不輸給槍聲！

「停火，都聾啦？沒聽見冰槍說話？通通給我停下來！」

大半槍聲都停下來，但還是有不少槍響，溫家諾怒吼連連，但似乎拿對方不是太有辦法，我想了想，這應該是上官家的兵吧？所以才會根本不聽他的話。

「阿諾，讓凱恩和小殺上城牆！」

我高喊，沒有回頭看，雙手始終沒有離地，也沒有繼續放出冰能量，角鼠是種很膽小的異物，幾乎不會正面挑戰對手，更別提我還上三階了，但面前這些角鼠顯然是有人指揮的，恐懼到底能不能逼退他們，這可就難說了。

所以要先做好兩手準備，我在此處威嚇，必要時先擋一擋，再來就等凱恩和小殺上城牆，火一燒，風一吹，角鼠這種小東西只能被吹飛後燒成灰燼，絕對別想來當登牆梯！

地上的冰霜確實讓角鼠群緩下腳步，不像剛剛瘋狂湧過來，但維持沒有幾秒，卻又開始奮勇向前，像是一股海嘯即將撲上來，但一細看就會發現這陣黑色海嘯是由密密麻麻的小東西聚集而成，有沒有密集恐懼症都覺得頭皮發麻！

冰霜只拖延了一下子，我還沒聽見凱恩和小殺的聲音，這下子真沒有辦法了，雖然很想保存能量，用在更重要的事情上，不管是要擒賊先擒王；威懾上官家軍人；或者最後逼不得已帶著疆家的人逃跑，哪點不需要能量！

只是現在這情況若再不出手，讓這麼多角鼠衝進牆內，直接就剩下第三選項「帶人逃走」，但我三階的實力就算領先大部分人和異物，又能帶多少人逃走呢？

疆家只有少少幾個人，雖然叔叔嬸嬸都不是能打鬥的人，但有我在，再加上書君的高攻擊力，應該是沒有問題，疆域的傭兵本身都實力不俗，或許能跟得上我的腳步，其他人……恐怕都將成異物的食物吧？

但真要說起來，除了疆家和疆域的人，其他人根本認識不久，真的有那麼重要嗎？重要到值得我賭命保——

「書……冰槍，你快上來啊！」溫家諾氣急敗壞地吼：「愣在下面幹嘛？沒看見那麼多老鼠衝過來了嗎？就算活膩了，也別挑這種被老鼠活活咬死的死法啊！再不上來，我親自下去逮你！」

我「呵」的一聲笑了出來。

被角鼠活活咬死，這死法或許真是比上輩子更慘一點，但說也奇怪，這死因倒是讓人覺得不壞——啊呸，死個屁啊，老娘這輩子要不死不滅當冰皇！

觸地的雙手一個使勁，地面被凍出一道橫向的冰霜傷痕，接著，我緩緩站起身來，地面的冰霜傷痕跟隨著往上「長」，凝結出一根根冰柱來。

完全站直的時候，我看著那股令人作噁的黑色浪潮，露齒一笑，雙手朝冰柱重重拍下去，冰柱碎裂萬千，化成漫天冰刺噴射出去，威力絲毫不比子彈遜色，刺穿最前排的角鼠，插到地面後又爆裂成一叢叢冰棘，讓來不及停下的角鼠紛紛撞上去變成串串。

一整橫條的半透冰棘串著角鼠，染著大片血花，彷彿某種詭譎的植物叢，這時，槍聲終於停止，人聲也同時消失，剎那間有種全世界被按靜音鍵的錯覺。

冰棘叢，這是冰皇教過我的防守招式，呵，沒錯，是「防守」，射出去先戳穿敵人，落地再蓋個冰刺叢，敢碰就能死，這就是冰皇的防守！

這招若是讓冰皇來使，射出去的冰刺能大到爆掉一堆角鼠，落地後直接就是冰牆，奈何現在只有我，落地的高度只有草叢等級，沒臉說這招原名叫做冰棘壁，只好改個名叫做冰棘叢。

我本想再來一次冰棘叢，解決更多角鼠，也試試能不能嚇得他們脫離控制選擇逃跑，但卻聽見頂上傳來熟悉的聲音。

「嚇啊！這什麼狀況？」

一聽見凱恩的聲音，我立刻將剩下的冰柱全數打碎噴射出去，再化出少許冰棘叢，堵上一些大缺口，確定至少能拖慢角鼠進攻的速度後，果斷轉身爬回牆頂。

滿城牆的軍人都驚愕地看著我，裡面甚至還包含那名老軍人，原來他也上城牆了，難怪溫家諾剛才指揮不動上官家的兵。

我本想保持酷臉，但突然想起來，進化過的冰面具遮好遮滿，臉再酷也看不出來啊，只好威壓一出，冷冷地對著凱恩和小殺說：「等角鼠靠近就燒光他們，你們兩個配合好，風可助長火勢，不要浪費能量，敵人可不只這點鼠輩。」

看見被冰棘叢擋在不遠處的黑潮，凱恩和小殺瞬間就悟了，一人發火一人發風，只待角鼠再靠近一點，他們立刻開始燒烤老鼠。

「開槍殺鼠群，子彈真多呀！」我特意冷冷地嘲諷老軍人，表達自己對他的瞎指揮感到非常不滿。

老軍人卻怒火中燒的吼：「就是你偷襲我們營地，殺了我幾十個兵！」

幾十人……我沉默不語，心中不由得一沉，那天夜裡殺的人比上輩子十年加起來還多，只是醒來後的情況一直很緊急，根本沒來得及多想，只注意到衛小哥。

用力甩了甩頭，兩軍對峙，不是你死就是我亡，哪來那麼多愧疚心！

若不是先發制人，讓他們搞不清楚我方底細，光憑對方手中的重軍火，甚至還有晶能槍這種大殺器，會願意跟我方談判才怪！

總之，那天夜裡用了那麼多冰能力，被認出來也不奇怪，反正戴著冰面具，他們認不出底下的人是疆書宇就好。

老軍人的話一出，周圍的上官家軍人眼神也變了，好幾個人立刻把槍口轉邊，從對準異物變成瞄準我。

黑黝黝的槍口立刻讓我收起所有愧疚心，哼，若是你們的距離離遠一點，我還怕被遠距離掃射，但現在離得這麼近，天又這麼冷，想變成冰塊就繼續瞪我！

我狠瞪回去，冷冷地說：「既然敢來進攻我們基地，丟命還怨人偷襲嗎？若不是外頭這些東西突然進攻，我能讓你們死得一個不剩！」

做不做得到另說，狠話先撂先贏！

老軍人怒回：「我看你根本不是人，跟外面那些東西有什麼差別？」

我對他冷笑道：「我要是外頭那些東西，你還能站在這兒喊得這麼中氣十足？」

「咱家冰槍的威力，你剛才看得還不夠多嗎？」凱恩燒烤完一波角鼠，插嘴道：「別惹他，不然你會怎麼死，現在就可以知道啦！」

他朝牆外的冰棘看過去，還發出「嘿嘿」的怪笑聲。

老軍人的臉色很難看，但外面的冰棘角鼠串太嚇人，他還是沒有再開口挑釁。

溫家諾冷靜地提醒：「冰槍，那些東西好像退了……冰槍！」

啊，這是在叫我呢！我恍然，差點想喊「有」，幸好及時想起自己的「冷酷不聽話人物設定」，乾脆瞪了溫家諾一眼當作回應，走到牆邊朝外一看，黑潮果真慢慢退去，甚至連其他的異物都開始往後撤退。

見狀，凱恩手上冒的火漸漸變小，還開玩笑道：「冰槍啊，看你剛剛那一手多過分，連異物都給你嚇跑啦！」

我皺眉說：「角鼠膽小，有可能被嚇走，但是這麼大數量的犬人可不會輕易嚇跑，這應該是對面下了撤退的指令。」

「下指令？」老軍人臉色難看的說：「異物怎麼可能會下撤退指令？」

異物？我瞄了老軍人一眼，但隨即就想起他們的武器可是分子研究所提供的，或許是分子研究所告訴他們關於「異物」一詞。

說到這個，剛才射角鼠的武器可都是一般子彈，壓根沒有晶能槍這種大殺器，看來不到最後關頭，對方是不打算認真出手了。

不過不打緊，咱家也沒出動大絕招，各有各的秘密武器，看誰藏得深！

溫家諾冷道：「犬人正面進攻引開我們的注意力，側邊有其他異物，角鼠從地底挖洞，比起三管齊下的作戰，一個撤退指令算什麼？」

老軍人沒再說話，只是臉色著實難看，也不知是被溫家諾嗆的，還是被異物嚇的，或者根本兩者皆有。

說實話，連我都嚇到啦，這時期的精神系異物有這麼聰明？又真能號令這麼多異物？

上輩子的壞運氣大概全用來遇到爛男友，其他方面著實比這輩子幸運得多，起碼在上輩子，關薇君對於精神系異物這玩意兒是只聞其大名，壓根就沒機會看見，而疆書宇卻接二連三地撞見！

一個腦魔加一個十三還不夠，現在面對的到底又是什麼東西？我的精神系異物知識庫都要被掏空啦！

溫家諾擔憂地說：「如果是撤退，可能還會有下一波攻擊。」

「不是可能，是肯定會有！」我口氣極差的說：「你在這守著，如果有人不聽指揮或者藏著掖著不肯出力，你就領著我們的人退回大屋，我會把屋子凍成一座大冰庫。記住，只有『我們的人』！」

凱恩誇張地喊：「不能現在就進冰庫睡覺嗎？」

我特意沉默一陣子，用眼神看了看剛才那些怒瞪我的上官家軍人，才用勉強的語氣說：「先守。」

這兩字一出，那些軍人的表情一怔後五味雜陳。

我多少可以領個演技新人獎了吧？

或者，其實根本不是演技，想想剛才還猶豫著要不要揣上自己人逃跑，如今卻……唉，就算是為了自己手上幾十條人命，盡力撐到最後吧。

下城牆前，我還特地先警告老軍人。

「別想趁亂搞我們的人，只要傷亡有古怪，我立刻帶人走，就算你有晶能槍，也不見得知道要朝哪射才射得到異物！」

聽到「晶能槍」三個字，老軍人一怔，懷疑的問：「你也跟『他們』有接觸？」

接觸？會跟分子研究所接觸的東西只有我的冰槍！

我冷笑不回應，故作高深，隨後轉身跳下城牆，一看向大屋門口的景象，瞬間暴怒！

「讓開！」

百合擋在大屋門口不讓路，無懼對面是一堆槍口，上官辰鴻領著軍人，一臉不耐煩，根本不正眼看百合，而是讓手下的兵舉著槍去逼她讓開。

算這傢伙走運，百合的異能目前不能攻擊，要是換成雲茜和君君的話——呵，要是敢拿槍口對著我家君君，他現在已經死啦！

雖然，鄭行就站在百合旁邊，土牆一擋，就算擋不下所有子彈，穿過土牆的子彈也打不死他們兩個。

但對方要是一上來就開槍，鄭行可能根本來不及用土牆，而且我不信上官辰鴻這個惜命的傢伙會沒有放幾把晶能槍在身邊，要是傷到我家百合和鄭叔，你用命都賠不起！

「你們想幹什麼？」

腳下冰刀一滑，我衝到百合和鄭行面前，因為速度太快，上官辰鴻突然看見我的時候，還愣了一愣才反應過來。

「冰塊？」他皺眉看著地上的冰道，滿臉怒容抬頭瞪向我，說：「你是之前來夜襲的隊伍中人？」

上官辰鴻舉起槍來，我立刻甩出冰刀打落那支槍，但他身邊的軍人馬上把槍口全都對準我。

「想死就開槍試試！」

我怒道，同時射出一整排冰刀，但沒有傷人，只是插在那些兵的腳前，長出一堆冰棘。

剛才上官辰鴻根本沒上城牆，若是他上去了，看見冰棘叢角鼠串，或許還能乖一點，不敢來欺負我家百合和鄭行。

我有股衝動想直接凍死這傢伙，反正管兵的人是老軍人，剛才我又狠秀一手實力，真的出手凍死這傢伙，上官家這些兵說不定也不敢翻臉吧？

想想就覺得好心動呢！

可惜，老軍人已經衝下來，擋在上官辰鴻面前，開口就說：「我們不進屋。」

上官辰鴻一聽，臉色就臭了，還打算開口再罵。

我不耐煩再聽他擺著高層的譜嚷嚷，立刻發出冰寒徹骨的威壓，所有人瞬間察覺不對勁，眼神惶惶然，氣溫猛然下降更讓他們舉槍的手都發顫。

威壓眾人後，我冷冷的對老軍人說：「管好你的人，或者你認為你的人比外頭的角鼠還不值錢，那我也不介意出手清理。」

凱恩慢悠悠地走下來，一手搭在我肩上，和事佬般地說：「既然人家都說不進屋了，冰槍你也冷靜點，老是這麼衝動，一言不合就要把人變冰塊。」

我冷哼一聲，甩開凱恩的手，見他游刃有餘，就對百合和鄭行使了個眼色讓人跟上，我們先行一步進大屋去，時間緊迫，得趕緊來加固門窗，讓鄭行偷偷打地道，真不行就從地道跑！

後頭傳來凱恩無奈的解釋：「唉，冰槍這人只聽我們團長的話，除了團長，誰都不給面子，你千萬別惹他，喔對了，我是凱恩，到現在都不知怎稱呼啊？」

經過威壓，老軍人再不敢托大，直說：「朱元洲。」

「原來是朱老啊！」

「不敢當……」

第七章

這一次，掌握在己！

一踏進大屋，本想立刻跟鄭行討論挖地道的速度，但滿屋子都是人，瞬間看過來的眼神，那叫一個殷殷期盼，好似我會說出「所有異物都被我打倒啦哈哈哈」這種充滿王霸之氣的話來。

我正尷尬時，泰文走上前來，詢問：「外面情況還好嗎？」

頂著所有人期盼的目光，我只能硬著頭皮保持冷酷無情，用命令的語氣說：「疆域的人都跟我上樓，泰文你也來。」

泰文點頭，轉身對張靖說：「你在這邊維持秩序，注意別讓大門進來不相干的人，真攔不住人就大喊示警。」

張靖連連點頭。

領著雲茜、書君、百合、鄭行和泰文上了二樓，我立刻脫下冰面具，轉身對所有人說：「異物暫時撤退了，但情況還是很不妙，鄭叔你有沒有辦法從大屋庭院打個地道到後山森林裡，距離大概是從大屋到我那四合院就行，但是先別打通出口，有些異物可能會繞到後山那邊，要是被他們提前發現出口就麻煩了。」

鄭行先是皺眉，隨後似乎想到什麼，點頭說：「我不熟地道的結構，不過可以找你叔叔研究，這需要一點時間，還有大量結晶補充能量，但只要結構沒問題，我通宵工作，明天早上就可以打到森林去。」

聞言，我乾脆的說：「那你現在就去找我叔叔開始進行，順便帶上我嬸嬸，她能夠感知異物的所在位置，你們可以靠她指引，把地道打向異物少的地方，記得入口和出口的所在位置都得隱密點。」

鄭行領命離去。

我繼續對剩下的人說：「等鄭叔的地道打得夠深，百合妳和張靖帶著大屋裡的民眾進地道躲藏，控制好情況，不能發出任何聲音。」

泰文的人頗有紀律，應該能做到安靜不動，但大屋外那兩百民眾卻是亂七八糟，若是讓他們提早進地道，恐怕情況會難以控制，若是有人發出動靜引異物到地道，那就完蛋了，所以不能讓他們現在就進去。

百合就說了句「好」，看起來也沒有不滿，讓我放心許多，雖然百合的單兵作戰能力依舊高強，給她把槍，絕不比城牆上的軍人來得差，但這也就是多把槍而已，頂多準確度高點，還不如讓她領人逃跑，張靖畢竟是個年輕人，要他單獨一人領頭逃亡，還要在關鍵時刻下決斷，實在太為難人了。

我轉頭看向泰文，說：「你跟我上城牆，你的能力現在可以持續多久時間？」

泰文思索著說：「如果只用一層，有結晶補充，持續到明天沒有問題，用兩層的話，恐怕就剩下四……不，六個小時，如果要用到三層，十分鐘——半小時！」

我點頭，完全明白為什麼泰文口中的時間差異這麼大，十分鐘是正常發揮，半小時是賭上性命。

算算大哥應該最遲後天就能抵達，更有可能的時間是明天傍晚以後到，而我方能守牆的人有我、凱恩、小殺、雲茜，還有、還有書君……

我看向妹妹，後者打從聽到進地道的人沒有提到她後，一雙眼睛就閃閃發亮，見狀，二哥我只能咬牙忍下擔憂，書君的能力太有用了，不能因為怕她受傷，就讓她先撤退到地道去。

不怕不怕，城牆上還有我這二哥在呢，真要守不住，就是死也會護住她撤退！

「書君，妳跟緊雲茜，妳們聽我命令再出手。」

我看向雲茜，她的水異能和書君的雷電很合拍，一加一絕對大於二，對於守城更是不可多得的助力。

曾雲茜一收到我的眼神，立刻說：「放心吧，想傷書君的人只能從我的屍體上踩過去！」

我點了點頭，思索還有沒有遺漏可利用的資源。

除了異能，還有軍人手上的軍火也不容小覷，光看現下的武力，或許真能解決兩千多個異物，可惜兩千這數字只是我看見而預估的數量，照對面的指揮風格來看，躲藏沒出現的異物可能不少，而且一旦動靜大，周圍的異物都會被吸引過來。

上輩子就是如此，每次以為終於打退異物，又活下來了，脫力跌坐在地，倖存的眼淚都還來不及流下來，後面卻是更深的絕望……

「書宇？現在去城牆上嗎？」泰文不解的看著我。

我深呼吸一口氣。冷靜冷靜，如果真擋不住了，泰文的能力可以繼續拖延，再來就全體退入地道逃離，最後還可以在森林邊打游擊戰邊逃難，總是能拖就拖，大哥一定會趕到！

上輩子弱成那樣都能活十年，沒道理這輩子上了三階，卻連第二次黑霧都活不到吧！

「在外頭記得叫我冰槍。」我戴上冰面具，喊：「剩下的人跟我走，讓外頭的異物瞧瞧人類的厲害！」

剛出大門，我氣得差點連冰面具都要裂了。

「爸、爸，是我啊，你快開門，要不然我就要被怪物吃啦！」

「小昱、寶貝兒子啊，是爸爸，你快來開門讓爸爸進去！」

一個婦女哭著喊著「爸爸救命」，她身旁的男人，也是哭著喊著「兒子救命」，喊的對象不同，但那哭哀臉如出一轍，保證是親兄妹無誤！

我摸摸臉，冰面具沒氣裂，反手就一人送一個冰椎，將人轟出十米外，直接沒了聲響，這可不是漫畫中，人被打飛無數次都能拍拍屁股站起來像沒事人，能把人轟出十米的力道不斷幾根骨頭是不可能的，直接掛掉都不奇怪。

「誰再敢出聲，殺無赦！」

現場一片死寂，我用惡狠狠的眼神巡視一圈，人人都低頭不敢對視，身體瑟瑟發抖，再沒有之前總是想反嗆的不服氣樣。

冷酷無情人設真是好用啊！

之後打死都要維持住這個形象，雖然本冰槍大人沒得到冰皇的稱號有點遺憾，但現在想想也好，就算自己以後朝著冷酷無情無理取鬧的道路狂奔不止，也不會污了冰皇的名號，這個「皇」字就留給大哥以後用吧。

我朝大門看了一眼，裡頭完全沒有動靜，看來李爺是真狠下心，任憑兒女哭喊都沒用。

一旁，雲茜嘖嘖稱奇的低聲說：「你戴上面具後，行事作風都狠多了，連聲音聽起來都變了，冷聲冷氣的，看起來真和原本形象差很多，你該不會是人格分裂吧？分裂成這樣說不定真能瞞過去，本來還以為你這個面具男遊戲玩不過三天就得被拆穿。」

一旁，泰文都忍不住點頭同意，也不知是在同意我是人格分裂，還是同意面具男遊戲玩不過三天。

君君不服氣的低聲回：「我二哥才不分裂呢，他本來就是這麼狠，是雲茜姊妳沒見過我二哥的厲害，連大哥都怕他呢！」

聞言，雲茜滿臉的不信。

君君立刻開始說二哥的事蹟，「有一次啊，二哥真對大哥生氣了，一個拍桌，嚇得大哥連飯碗都沒拿穩，碎了一地呢！」

雲茜好奇的問：「老大到底幹了啥？怎麼讓書宇氣到拍桌的？」

「大哥右手中槍，傷都沒好全，卻硬是要出國做任務，還說他只負責指揮，右手不能動也沒關係，二哥氣到拍桌吼『要不要試試全身都不能動』。」

雲茜恍然：「喔，是那一次啊，老大那時吃飯只能用左手拿筷子，常常掉菜掉飯，原來還掉過飯碗，不過那時的書宇根本沒法讓團長全身不能動吧？現在倒是能簡單辦到。」

不不，現在也沒那麼簡單，你們到底把我想成什麼超級高手了？

這話就讓書君不滿了，反駁道：「二哥說得出就做得到呀！那時候，大哥為了我們的安全，家裡放著好幾把麻醉槍，只有二哥知道藏在哪呢。」

「……好吧，這是真狠！怪不得那一次團長甩手把任務交給凱恩指揮，我還以為他終於放心凱恩的能力了呢。」

我抽抽嘴角，在被異物潮包圍，命在旦夕的時候，妳們還在討論大哥的飯碗和二哥的狠心，這樣是對的嗎？

君君妳打從末世以後就黑化……不對，我家君君好像從末世前就是這麼心大，整天樂呵樂呵的，總說天塌下來也有大哥二哥頂著，什麼都不用擔心。

只是二哥我真沒想過自家妹妹的心能大得沒邊，這實在——挺好，末世降臨都沒能阻止妹妹笑嘻嘻地過日子。

我努力壓下差點上揚的嘴角，冷聲道：「走了，背後議論團長，像什麼樣！」

心裡高興，表面還是得罵人，大哥的威嚴必須維持住，力求一開始的稱號就是個什麼皇，千萬別像我，「冰」字是對了，「皇」字卻沒跟上。

重新回到城牆上，卻是一片風平浪靜，對面遲遲沒有進攻，陳彥青還閒得跟我揮手打招呼，為了符合人設，我只好瞪他幾眼藉此觀察，這傢伙的傷勢應該沒什麼大礙了。

回頭望向牆外，我皺著眉頭，遲遲沒有動靜，異物不會還有更多陰謀詭計吧？我繞著城牆走了好幾圈查看，卻始終沒有發現什麼。

溫家諾低聲問：「冰槍，他們是不是被你嚇退了？」
我皺緊眉頭說：「不會，異物數目這麼多，他們不可能這麼輕易離開。」上輩子就沒聽過哪次異物潮會在攻擊一波後就離開，就算真的不敵，也得拋下許多屍體，在數量降低到不足以攻城之後，這些異物才肯離開。
更何況，現在還是末世第一年，異物基本沒有智商，完全由食慾控制，基地有這麼多「食物」，足夠讓他們不肯離開。
除非，指揮異物潮的領頭異物比想像中更威，讓異物肯聽他的話，甚至超過進食本能……
我遲疑了一下，還是排除這個可能性，要真有那麼厲害的異物，剛才我示威的時候，他就該有動靜了。
溫家諾點頭表示知道，提議道：「那你要不先去睡一會兒？後頭還有得忙，就算異物退了，恐怕有些人就要有所動作了，到時也得靠你第一時間抓住上官辰鴻，我們才有勝算。」
也是，如果異物潮真的退得那麼乾脆，反倒會有另一種麻煩。
「不用，我睡了一天一夜，現在完全不睏。」想想，我還是覺得不安心，說：「我去後山巡一下，你們多注意點，如果有事——」

想了想，沒繼續往下說，現在有事就會開槍，槍聲連後山都能聽得一清二楚，根本不需要其他聯絡方式。

我看向君君，既然自己不在，就不能把妹妹放在城牆這裡，太危險——

君君立刻說：「我留在這裡，有事情就朝天空發閃電，冰槍你一定能看見。」

我動了動嘴唇，卻敗退在自家妹子堅定的眼神下，妹妹要獨立，二哥要忍耐！

「小心點。」我忍著不再朝曾雲茜拋眼神示意，人家早就知道要好好保護君君，不用一而再再而三的提醒，這樣會變成囉嗦又保護過度的二哥，要忍耐！

「你才要小心點呢！」君君嘟著嘴，低聲說：「你不是失憶，要不然就是受傷或失蹤，人家都乖乖待在家，根本不像二哥你那麼讓人擔心。」

「居然還失憶？你的人生可真精采，怪不得會這麼強。」溫家諾搖頭道：「這要是不強，墳頭都長草了。」

就是說啊！我心有戚戚焉，就疆書宇這命格，不強能活嗎？

哪知君君最聽不得這種話，大怒之下，一道指頭粗細的閃電就發出去，就算溫家諾的反應不慢，瞬間變色，用金屬身來迎接閃電，但並沒有什麼用，他還是被電得直跳腳。

雷電小公主發出怒吼：「我二哥不長草，永遠都不長！」

整面城牆的人都看過來，神色驚訝地看著書君，不敢相信看起來柔柔弱弱的一個女孩，竟把高大的溫家諾整得跳腳。

我真是欲哭無淚，還以為這次演技過關了呢，結果秒被親妹妹拆台。

曾雲茜突然怪聲怪調的高聲說：「溫小隊長，你這話就不對了，書宇是團長的寶貝弟弟，他就想待在大屋不出來，我們疆域護得起，用不著你來打抱不平！」

溫家諾的嘴唇抖了抖，沒說出話來，這是被電得開不了口，看來書君的雷電果真很剋金屬異能。

陳彥青跳起來接話：「連最小的妹妹都來幫忙，一個男人還待在大屋裡，溫隊長也就是唸了句『待在屋裡長草嗎』，妳們用得著反應這麼大嗎？」

居然圓回來了！我敬佩你們這些被末世耽誤的小金人演員和編劇。

君君終於察覺好像哪裡不對，「啊」了一聲，緊張兮兮地偷瞄我幾眼，一副完全不知所措的模樣，看得二哥我只好秒原諒妹妹。

曾雲茜裝作不耐煩的說：「別惹團長的一雙弟妹，其他都好說！」

溫家諾終於緩過來，褪去金屬色的表皮，果斷說：「是我嘴碎——」

君君果斷鞠躬道歉：「對不起，溫大哥，我不該電你！」

得到道歉這個下台階，溫家諾的神色更是輕鬆了，揮手說：「沒的事，本就不關我事，是我多嘴了。」

「好了，都不准鬧！」我冷酷的打斷他們，命令：「好好守住大屋，飛進一隻蒼蠅就讓你們體會冬天的酷寒！」

「是！」

不敢再看君君，就怕擔心又湧上來，我果斷朝後山走去，還化出冰刀來快速溜滑，也沒時間再拖拖拉拉了，我總感覺這次的異物潮有點邪門，還是先去後山檢查是否有大批異物繞遠路接近。

在鄭叔把地道挖通之前，必須確定沒有問題。

如果有一點可能性，我甚至想從異物潮中保住湛疆基地……

基地這個位置是真的好，才會連上官家都想來搶。

緊鄰蘭都，初期可以入城搜索物資和打結晶，地勢高易守難攻，又背靠山林，不是危險的深山卻也不是無用的小丘，在末世之前，這裡畢竟是大都市旁，山林裡不可能有猛獸，小動物們就算變成異物，應該也在疆域可以應付的範圍之內。

我太需要這片山林土地，以後可以到林中找尋那些可食的進化植物，甚至是有辦法圈養的動物，找到後，這裡也有土地可以種植和養動物。

如果這批異物潮不是當初攻破收容所的那一批，或許咬咬牙，還是有機會保下湛疆基地——

我猛然朝側邊一滑，幾乎是同時間，旁邊就擦過一道能量波。

滑轉身一看，竟是上官家那群士兵，他們穿著的衣物裝備很統一，十分好認，在他們的中後方還可以看到領頭的傢伙，上官辰鴻。

我氣極反笑，道：「在這種時候，你們居然還想搞窩裡反？」

本看上官辰鴻這人，雖然專斷獨行，還懷有私心不想救朱元洲這個老軍人，但至少外表看著還站得挺拔，有點軍人樣，結果居然在異物圍繞之下選擇先來殺我，這怕不是頭人模人樣的豬？

跟他來的兵也是豬崽吧！

大概是我的眼神太直白，其中有兵悲憤的怒吼：「你殺了我們這麼多弟兄，不幹掉你怎麼對得住他們！」

我沉默，無法駁斥，哪怕本就是你死我活的局面，但對方真有人死了，想復仇也是理所當然的事。

上官辰鴻怒斥：「只要把這塊地方讓給我們，可以建立大基地救多少人，你可知道？結果你只想著自己的私利！」

好你個道貌岸然的豬！一句話就引爆我的怒火，更別提他還站在軍人的重重保護圈內，安全地站在道德高點說風涼話！

只要把結晶給我，我變強以後就可以保護妳。

末世十年，我聽過多少類似的話。

上輩子太蠢，一開始聽信夏震谷的話，結晶全給他，後來實力差距一大，也就無法離開了，就算有幾次真的心灰意冷想離開，小琪都拉著我不讓走，哭著說沒有團隊根本不能活。

只要繳交結晶給基地，壯大基地建設，基地就是大家最強的壁壘！

進過不知多少大大小小的基地，每個基地都說維持困難，所以想待在基地裡面，每天都要繳交足夠的物資和結晶，那份量連團隊都感覺吃力，否則就是要當苦力，做多吃少，也是在消耗生命，一個個越來越瘦，絕望地等待再也做不動的那天。

許多交不起費用也做不動的人，只能在外頭搭帳篷，全是老弱婦孺。

後來發現人越多會引來更大的異物潮，連搭帳篷都不准，趕得遠遠的，趕不走就直接殺了。

底層的人一個個倒下，若用這些人的生命傾力供養出來的異能者真能保衛基地，那還算是值得了，但結果卻是狠狠地打臉。

在最後一個大基地，除了外出打結晶，我還在屋裡搞種植，小琪也在幫忙，衛小哥更是不時搞點稀奇古怪的植物種子回來，要知道，這種時候要拿到種子，那是要跟植物先狠狠打上一場！

好不容易有點成果，一堆植物眼見著都快成熟，其中好幾樣看著成果喜人，說不定真能發展成為長期作物，結果一次大型異物潮來襲，基地就被攻破了。

平時，基地裡不斷傳言高層那幾名頂階異能者有多厲害，但在那一次異物潮進攻時，他們最初幾天還有出現幾次幫忙轟擊牆下的異物，情勢越不妙，那幾人就越少出現，到最後根本不見人影。

直到異物潮攻破城，底下的人才明白，上面的人早就跑光了。

僥倖逃過一劫後，夏震谷再提要自己建立小基地，團隊就沒人反駁了，雖然小基地根本擋不住什麼，時不時看情況不對就得躲起來，或者乾脆逃離換地方，完全沒有保障。

但一次次選擇依附在大基地下，被掏空結晶和物資，養肥基地高層，最後卻還是得靠自己和運氣逃命。

就像眼前這隻豬，肯定已經吃下不少結晶，之後的等級不會低，但卻一直被保護得好好的，對戰經驗幾乎快等於零，也就只會站得遠遠地放招式，簡直以為自己是遠距離法師呢！

等情況開始不妙，溜得比誰都快，白白浪費掉那麼多結晶，培養出一堆空有等級卻沒有用的傢伙！

這輩子絕不再聽信任何人的話語，傻傻地交出自己的結晶和地盤！

對面的槍紛紛舉起來，這怕不是有五十多個槍口？我表面冷靜，實則偷瞄周遭環境，雖還沒走到濃密的樹林中，但也有不少樹木，藉著這些樹木或許可以撤退到更濃密的樹林裡，到時這些兵再敢密集開槍，轟爛太多林木，敵人可就不只我了。

眼前只有五十多人，這上官辰鴻多半是把身邊保護他的人和親信都找來伏擊我，老軍人朱元洲多半不知情，這樣倒是先不用擔心其他人的安危。

先考慮自己能不能活過這一場再說，雖然殺過五十多人，但那是分批來的，還有偷襲這一項重要因素。

上官辰鴻喝道：「只要少了你的箝制，其他人自然會聽從上司的命令，他們本就是保家衛國的軍人，若不是你的蠱惑，又怎麼會不服從歸隊指令！」

實話是先幹掉我這個看起來最強的傢伙，其他人在火力威嚇之下，就不得不聽話了吧？

而且這位豬兄你是不是有什麼誤會？本人只是疆域團長的家屬，頂多兼任秘密武器，不說我大哥快到了，就是凱恩和溫家諾，那都是領頭級人物，論起領兵打仗，他們甩我三條街不止！

但幸好，上官辰鴻只把我一個人當禍害，要不守城守到一半，疆域的成員被人從背後開槍，不知能剩下幾個來。

我冷冷地說：「當初就不該讓你們進來，你的誠信都讓狗吃了。」

話雖這麼說，但不讓他們進來，在異物威脅之下，對方沒有退路，恐怕早就把所有火力包括晶能槍在內都拿出來，全力攻城，待我們雙方拚個你死我活後，異物再來進攻，我方只剩下破爛的城牆，一堆剛打完架還彼此有仇的人，情況恐怕更慘。

末世兩難之下，又能做出什麼好選擇，怪就怪自己太天真，只想著要怎麼逃過異物潮這一劫，忘了人類這個天災更需要防範。

只是我還真沒想到，異物的攻勢才稍歇不到兩小時，上官辰鴻就急著下手了，就不怕異物再次進攻？

喔，對了，這傢伙沒上城牆看見我用冰從地底下逼出大量角鼠，否則他肯定會好好想想己方有沒有法子阻止角鼠從地底進攻。

上官辰鴻冷哼一聲，倒是沒有半點愧疚地說：「對你這種偷襲殺了我那麼多兵的人，需要講什麼誠信！」

呵呵，四百人全副武裝來搶劫，還不許少數方偷襲了？我嘲諷的一笑，故意說：「你以為，我會沒有準備就自己走到這麼偏僻的地方來？你和我倒是想到一塊去了，你是螳螂想捕蟬，還好我有預備黃雀在後，要不要看看後面的草叢裡躲著多少人？」

上官辰鴻臉色一變，他猛然往後看，後方的兵也跟著轉身，可惜對方還真是訓練有素的軍人，前排的兵還是拿槍對準我，幸好，沒有命令，他們倒是沒有直接開槍。

所以說，要殺人千萬別廢話！

我一口氣扔出數十把爆裂冰刀，刀在雙方中間爆炸，漫天冰屑煙塵。

在對方開槍掃射前，我壓低身子滑進旁邊的灌木叢裡，現在的灌木叢長得茂密，刺又長又多，不小心摔進去可能會沒命，幸好我身上有一層冰鎧，這灌木叢被凍得不敢動，連刺都縮緊緊。

雙手觸地，冰氣沿著地面朝那些軍人衝過去，現在的人還不會料想到攻擊會從地面過來，一等冰能量抵達目的地，瞬間結凍，將那夥兵的小腿一口氣凍住，不少人被凍得發出吃痛聲。

這些兵恐怕還沒吃太多結晶，根本抵擋不住冰能量的酷寒，只有上官辰鴻和圍在他身周的十幾名兵狀況好一些，絕對吃過不少結晶，然而他們卻絕對不會是上前線守衛的那群人！

「開槍！」上官辰鴻大怒，吼道：「直接殺了他！」

在躲藏的不遠處凍出一尊冰雕，瞬間就被大量子彈和晶能槍打碎，趁這個空檔，我立刻滑出灌木叢，看準目標，瞬間衝到那夥兵的側面，然後一把抓住最近者的槍，槍結凍，人踹飛，一氣呵成。

這時，我已衝進他們的團夥內，若是開槍，我死不死難說，他們的人倒是肯定得倒下，怪就怪他們想殺我的心太堅決，帶來武器火力之強大，全副武裝都別想擋得下來。

怕誤傷自己人，他們束手束腳，想後退以便開槍，卻又還未能掙脫凍住小腿的冰。

有人乾脆拔出刺刀來，但我身邊卻飄浮著眾多冰刀，一個不小心就要被凍住甚至被剁手。

趁他們開不開槍兩難時，我又踹倒一個人，正是之前已經看中的目標，搶走他手上的晶能槍，再將身周的冰刀一口氣爆掉，隨後毫不戀戰的衝向樹林。

剛脫離敵人內部範圍就迎來大量子彈，我早已預備好冰盾，溜冰的速度極快且左右飄移，再藉著零星的樹木來阻擋敵人的槍林彈雨。

這時，槍聲突然短暫一歇，我察覺不對，滑轉身就看見半空中拋來一個東西——是炸彈！我立刻轟出冰能量，將炸彈往遠方推一小段距離，同時順著冰能量的反座力退到一棵大樹後方。

「轟」的一聲巨響伴隨著爆風，可憐的樹被炸得七零八落，但樹根卻堅強地存活下來，為我擋住大部分的爆炸威力，在有所準備之下，這爆炸除了讓人氣血翻騰、耳鳴，頭還有點疼，其他倒是沒有大礙。

居然直接上炸彈，看來對方真是怕我不死啊！

但是這麼及時往回一推，爆炸的中心點偏移了，雖然還是離我比較近，但我有遮蔽物，外加上三階的身體素質和能量保護，就不信對方的狀況會比我來得好

重新站起來時，煙塵尚未散去，雖然有零星的槍聲，但是不妨礙我繼續逃亡。

奔逃幾十米後，我讓冰道繼續延伸下去，這會留下少許水痕讓對方繼續追蹤下去，自己卻大膽地爬到一棵高大的樹冠上隱藏，根本沒有順著冰道離開。

如今的樹木不是躲藏的好地點，人家大樹兄可不見得願意讓你躲在他頂上，這麼高的樹也不是一般人能瞬間爬上來，但對我來說都不是大問題，三階足夠嚇得樹

動都不敢動。

遠遠地，聽見上官辰鴻怒吼：「前面的人快追，其他人跟我回去守城，絕對不能讓他活著回去！」

我略無言，就告訴你要多多上城牆見識一下，要是有看見剛才把角鼠變串串的冰棘叢，肯定不敢這麼大膽的兵分二路，這是想死呢？還是想變串串死呢？

上官辰鴻不懂狀況的瞎指揮，又遲遲不見他用出異能，本以為是隱藏實力，畢竟這人的能量之充沛，在我感覺中竟已達到一階，但方才回想起上輩子那些高層「法師」後，我突然明白這傢伙不出手的真正原因了。

他們兵分二路，人數銳減，我手上又有一把剛到手的晶能槍，這情勢似乎對我有利？

本來的打算只是想藉著對地形的了解，逃過追殺後，搶先回城去抓住朱元洲，再曉以大義，說一些異物在外，人類內部必須先攜手合作等等下台階的話，半講理半威脅他一起合作架空上官辰鴻，方便接下來共同抵抗異物。

如今，現在要不要改個更保險的計劃，先把上官辰鴻抓住當人質，再去跟朱元洲「講道理」？

自己剛逃過追殺，人還躲著就在想著綁架這種事，我對自己感到無言，得回身為「疆書宇」的記憶後，好像有越來越大膽的趨勢……

但想想，這應該也不是壞事吧？

這輩子想要靠自己努力活下去，保護家人，還得輔助大哥建立基地，這麼多事要做，可得在保留關薇君的謹慎和堅韌之餘，更多點疆書宇的膽大與衝勁！

拎著晶能槍，我看著往回走的上官辰鴻，勾起一抹笑。

第八章

從天而降的死亡

將聲息壓到最低，我悄然無聲地接近上官辰鴻一行人，多虧基地的後方是山林，在樹林間前進不容易被發現。

對方一行人在後門口停下來，竟又分成兩組人，上官辰鴻身邊站了四個人，其他人則在附近搜尋，顯然是在找我。

這到底是有多不了解我的實力，就算沒上城牆看見冰角鼠串串，至少也尊重一下我在夜裡偷襲殺掉他們五十多個人吧！

上官辰鴻多半覺得那夜裡的偷襲不是我一個人的功勞，而他手上有十多名全副武裝的菁英兵，才會這麼輕忽大意……呃，若不是碰上三階的我，這搞不好都算不上大意，重火力加上晶能槍，還有吃過結晶的體質，在末世剛開始確實夠讓他橫著走。

至少在第二次審判時刻來臨之前，是足夠了。

第二次審判時刻後，異物的實力更上一階，人的實力也有長進，只是異物的進步更大，強與弱的距離拉得更開，人的日子反而更難了。

經歷一個痛苦的夜晚，醒來還要面對更強大的異物，逐漸匱乏難尋的物資，越來越冷冽的冬季，第三次審判時刻的前後幾個月是自殺高峰期，有點良心的人自殺時還得想辦法把腦袋爆掉，不然醒過來變成異物，那就是在害人。

但自殺還不是因為絕望嗎？

若活下去能有點希望，就算末世這麼艱難，大部分人還是想活的，咱們人別的不說，韌性是絕對有的！

只要給人一點希望……

我深呼吸一口氣，不再想這麼遠大的事情，先顧好眼前再說，用指頭敲了敲胸口，讓小容的枝條貼著地面伸過去。

對方有十來人，又分散開來，我若是想要硬打，用點手段倒也不是不能贏，但我的目的是要抓住上官辰鴻當人質，再去跟朱元洲「講道理」，人殺得越多，仇結得越深，反倒沒有好處，不如留著他們打異物。

乾脆直接讓小容把上官辰鴻拖出來，他一到我手上，要怎樣可就不是對方說了算。

為了不引起注意，小容緊貼著地面，伸展的速度不快，隨著他越伸越長，我的胸甲變得越來越薄，看來小容的實力還是不足，之後得再多餵點結晶，總不能小容一伸枝條，我的胸鎧就沒了，這樣在戰鬥上會有很大限制。

枝條終於到上官辰鴻的腳下，我舉起晶能槍，打算製造大動靜轉移注意力，再一口氣把上官辰鴻拖出來，半透明枝條輕輕圈住上官辰鴻的腳踝，對方穿的是戰靴，連腳踝都包裹住，只要先不用力纏緊，他不會發覺——

這時，上官辰鴻卻突然低頭看腳，該死！他肯定吃過不少結晶，哪怕沒有實戰經歷，不知道異能該怎麼使用，卻至少能提升體質，讓直覺更加敏銳。

做為擁有軍隊的人，上官辰鴻吃過的結晶肯定比小容多，是我這個二哥太沒用，接下來要更努力餵弟弟妹妹，至於大哥就自己去打結晶吧，反正他都上二階了，還放話說不吃弟弟打的結晶，那就自己好好努力。

上官辰鴻的神色大變，我只能立刻下令讓小容拖倒對方，舉起槍正要轟一發過去，藉此轉移其他人的注意力，一個巨大黑影卻突然出現，直接踩住被拖倒的上官辰鴻，兩條長長的手臂交叉一甩，兩旁的軍人全都慘叫倒下。

我震驚一看，那四名軍人不是斷手，否則就是直接斷頭，就算是斷手沒死的，在大量失血之下，也根本沒有反抗能力了。

這莫名出現的巨大玩意兒沒有翅膀，顯然不會飛，但他竟是從天而降……莫非是跳過來的？這該是從多遠的地方跳過來的啊？在這之前，我竟然都沒有察覺對方的存在，現在的異物應該都還學不會隱藏能量才是，這讓人不由得心底發寒，如果這玩意兒要殺的目標是我呢？

不不，別又犯妄自菲薄的毛病，這玩意兒的能量比我低，他根本沒敢找我當目標，而是撲向上官辰鴻和他手下的兵，這些人白吃一堆結晶，卻沒有發展多少異能，如果火力不夠強大，對強大的異物來說，根本是行走的大補品。

這四人的火力很高，足以在末世前期橫著走，但眼前這隻異物絕對上二階了，能量不輸給我家大哥，速度和彈跳力驚人，加上出其不意的攻擊，這才在一個照面就全滅四人。

至於被異物踩在腳下的上官辰鴻，以我的角度看不清楚到底死了沒有，但這異物體型巨大，身長隨便目測都超過三公尺，雖然整體看起來瘦長，但和旁邊的軍人一比，他的胳膊都比軍人的大腿粗。

被這麼大的東西重踩在腳下，上官辰鴻凶多吉少。

異物鬧出的動靜太大，在附近搜尋我的人全都衝回來，一看見這個大傢伙，立刻轟出一堆彈藥，但那異物的細長雙腿一彈，直接跳上半天高，閃過所有攻擊。

他在閃躲的同時，還往底下噴射一堆尖刺狀的東西，幸虧準頭不算好，只有兩人被射中，而且不是致命傷。

軍人一邊開槍逼退異物，一邊衝到上官辰鴻身邊，他一動也不動，顯然情況是不好了。

上官辰鴻躺在地上，胸口糊成一團，都看不清上下兩截還有沒有連在一起，明顯早就沒命，軍人們個個臉色不好。

這時，那隻大異物落地後射來大量尖刺，軍人舉槍回擊，其中一人高喊「走」，幾人邊開槍邊往基地的方向撤退，留下剛開始被斷手的人，但那兩人流了滿地的血，看著也就是這幾分鐘的事了。

喂喂，你們都敢來暗殺三階的我，看見二階異物卻溜得這麼乾脆，果然異物的外表就是比較能唬人，我就算遮住臉，穿一身冰鎧甲，這單薄的身形還是沒有威嚇力。

他們跑了，我卻不能走，這個巨大異物輕易就能越過基地城牆，不解決他不行，其實剛才站出來叫住那些軍人，讓他們用火力支援會更好解決，但我實在不信任這些人，誰知道他們的火力會不會無差別攻擊，還是讓這些人滾蛋更省心。

那異物落地後，轉身就要跑，似乎沒有進基地的打算，甚至連地上的軍人血肉都不要了，只有右手上抓著一點猩紅，我想起上官辰鴻的胸口……心臟？

這可真是死得透透的了。

「小容！」

我一喊，剛才在那隻異物踩上官辰鴻的時候，小容就轉移到異物的腳踝上，結果那異物跳得半天高，小容差點都要不夠長，冰鎧整個消失，只剩下不到小指粗的枝條勾在我的腰上。

我握住小容的枝條，拉著那個巨大的身影不讓跑。

「撐一下，別讓他跑掉。」吩咐完，我又有點不放心，補充說：「若真的不行，放開也沒關係，可別把自己拉斷了。」

小容……行……

心中傳來小容不服氣的情緒，我家小弟還是一棵脾氣拗直的樹呢。

我笑了。「好，我家小容一定行。」

為了避免小弟逞強逞到變成一棵沒有枝幹的禿樹，二哥我必須速戰速決。

剛才面對重火力的十來名軍人，我行事謹慎，但換成異物，不知怎麼著就是多了點自信心，畢竟現在的異物多半不會跟你來陰的，直接就是開打，三階怎能打不贏二階呢？

尤其我還受過冰皇的指點，真敢打輸了，都不用想冰皇若還在世會怎麼罵我，自己直接吊死在小容身上吧！

我加上小容的力氣，倒是足夠和那個異物一拚，他根本走不了，竟反手一劍想劈斷小容，我連忙丟出三把冰刀，才勉強打歪他的劍——等等，異物怎麼會有劍？

不對，那其實還是一根刺，形狀離劍還有點距離，但這隻異物握住刺的方式太像握劍，讓我覺得那就是一把劍，這種握劍的方式很眼熟，還有那個瘦高的體型……

「修羅？」

一認出來，我驚愕不過一秒就立刻朝著修羅衝過去，冰槍還是喚不出來，但冰晶匕倒是越來越像樣，雖然修羅長得更高大了，卻依舊不厚實，某些角度看起來，他的皮膚有一層反光，也許是殼或鱗片，可以抵擋一些攻擊。

如今能比冰晶匕硬的異物可不多，一刀破不了防，那就再來一刀，不怕你硬，就怕你厚，畢竟冰晶匕的長度擺在那裡，是個暫時無法解決的硬傷。

要趕在十三也蹦出來之前，幹掉修羅！

我衝上前的同時高喊：「小容，綑緊他！」

原本只纏住修羅小腿的樹枝猛地張大成一張網，將修羅的半身都牢牢包住，修羅實在太大隻，若是小容包覆住全身，枝條勢必變得特別細，反倒不牢固，這樣包住一半剛剛好，既限制他的行動，又不會讓小容變得太細而脆弱。

不用交代就知道該怎麼做，我家容小弟真是越來越可靠了。

修羅想要用「劍」斬斷小容，但我家小容聰明著呢，他立刻收緊，枝條深深勒入皮肉，修羅若是想割斷他，就得朝自己的皮肉下手，但我家小容可是會動的，這一劍能不能割斷枝條難說，但肯定能讓修羅多道傷，然而用手去扯又別想輕易扯斷小容。

雖然小容也沒辦法給修羅帶來更多麻煩，但這樣就夠了，剩下的讓二哥來！

我順著小容的枝條衝過去，打算一鼓作氣幹掉這傢伙，然而卻在最後不到三步遠的距離，突來的劇烈頭疼讓我眼前陣陣發黑，只能立刻後退，同時大喊：「小容回來！」

還是來不及，修羅果然不會遠離十三。

我咬著牙，強忍頭痛，努力不露出異狀，臉色鐵青地面向樹林，那裡站著一個人，乍看像是個普通人，但身後卻拖著一條粗壯的大尾巴，手和腳的形狀也不對勁，他沒有指甲，取而代之的是尖銳的手爪，腳上沒有穿鞋子，腳爪比之前見過的那一次更大更像爪子。

難怪冰皇說十三沒有武器，這些手爪腳爪再繼續發展下去，他哪還需要什麼外來武器，一爪子就能掏心掏肺了。

修羅走到十三身旁，兩隻長手指捏著心臟遞給後者，那顆「小心臟」到了十三手裡倒是不小，只是修羅太大隻，把正常人類的心臟都襯托得小了。

十三不急著吃那顆心臟，眼神直盯著我不放，頭也不轉的對修羅說：「去拖兩具地上的食物，那是好東西。」

我真是不想讓修羅吃到「好東西」，然而如今的十三和修羅看著似乎不是我一個人能夠應付的。

修羅還好說，但我居然完全沒有感覺到十三的存在，對方現在就站在面前，但我若閉上眼，恐怕還是察覺不到十三的存在，這是對方遠比我強大，或者是精神系異物的能力？

不管是哪個原因，十三不愧是上輩子的異物王者，進步的速度真不是蓋的，如果對方這次不直接現身，而是在暗處偷襲我，還真有可能得手。

當初果然不該放這傢伙走，哪怕分子研究所再怎麼可恨，我也該自己動手復仇，而不是放走一個極度危險的異物，寄望對方會見到分子研究所的人就殺。

只怪我那時剛得回所有記憶，腦袋還混混沌沌，卻眼睜睜看著冰皇碎裂成冰片，受到強烈刺激，竟選擇放走十三給分子研究所添堵……看來今日就要為當時的錯誤付出代價。

湛疆基地和所有熟識的人就在旁邊，這代價絕對不能包括他們！

而且，之前猜測過來襲的異物潮肯定有精神系異物指揮，莫非就是……我危險地瞇起眼，開口：「你——」

「哥哥！」

我一驚，差點以為是書君，嚇得心都差點跳出來了，幸好立刻認出這聲音很年幼，絕對不是我家妹子。

一個小女孩從十三的長風衣後探出頭來，瞪大眼看我。

我愣了愣，一眼就認出對方來，試著喊：「貝貝？」

貝貝的雙眼亮了，高喊：「哥哥認得貝貝？果然是哥哥！」

沒想到，十三仍舊帶著貝貝，而且看起來還養得很好，明明十三自己穿的衣服不怎麼講究，隨便套了件紅色風衣外套，褲腳還是破的呢！

貝貝卻是一身黑色斗篷毛絨外套配小短靴，雖然沒有末世前的小女孩那麼乾淨，褲腳和袖口免不了蹭點灰，但在這世道下，還真是比九成九的小孩都來得乾淨了。

看樣子，貝貝真的過得不錯，我鬆了一口氣，至少當時的決定沒害到她。

一個異物竟能把貝貝養得這麼好，肯定花了不少心思，我遲疑，或許可以試著和十三溝通看看？如果異物潮真的和他有關，說不定這次的危機有希望可以輕鬆度過。

但話又說回來，十三出手殺上官辰鴻是為什麼？是有仇呢，還是純粹覺得對方是大補品，想吃？

後者聽起來倒是挺有可能的，上官辰鴻把自己搞成行走的大補品也真是讓人無言。

貝貝笑得見牙不見眼，抬頭就對十三說：「爸爸，我們終於找到哥哥了，可以回家啦，我存好多糖糖要給哥哥吃！」

竟還有家嗎？我一怔，還來不及對異物有家這點有多少想法，卻聽見基地內傳來騷動，顯然這裡的大動靜已經驚動其他人。

十三看了看基地的方向，明顯也注意到騷動，他說：「疆書宇，你跟我走。」

走什麼？我的臉差點都要崩了，一個異物叫我跟他走？這是要把我打包外帶回家吃的意思？就算十三的實力大增，我可也不是省油的燈，別想把我當外帶全家餐！

我讓小容重新畫出全身鎧，冰晶匕更是從沒離手，握得牢牢的，怒道：「想吃我？你倒是試試看！」

十三卻搖了搖頭，說：「跟我走，不吃你。」

不吃卻想要帶我走？我的眉頭也沒比十三皺得淺，搞不懂這未來的異物王者到底想幹嘛，只好先解決最重要的疑惑，問：「外面的異物潮是不是你帶來的？」

十三點點頭。

踏媽滴，我疆書宇的運氣果真爛到谷底，只是一時腦殘就立刻遭天譴，放過十三後才沒幾個月，對方就組軍隊上門討債來了，說好的去殺分子研究所的人呢？

貝貝本想朝我跑過來，卻被十三抓得牢牢地，她也沒多在意，只是開心的朝我喊：「哥哥不要怕，跟我們走吧，爸爸有好多好多僕人可以保護貝貝和哥哥！還有很多好吃的糖糖可以吃！」

我看著貝貝，她這是直接認十三做父了嗎？但她年紀雖小，也該會認人了，不至於短短幾個月就忘記真正的爸爸媽媽吧？雖然那個在危險時刻消失無蹤的爸爸是不怎麼值得記住。

而且，就算十三看起來還有個人樣，但其他異物可不是這麼回事，還僕人呢，壓根就不是人啊！修羅是個三米高的巨人，還有很多異物長得歪七扭八，嚇死一百個小女孩都夠了，怎麼敢當僕人看啊！

貝貝明顯不對勁，但可以先暫時忽略，被異物養了幾個月的小女孩再奇怪，我都不覺得奇怪，真正怪的是十三的態度……

貌似沒有惡意？我嘗試著問：「十三你可以不攻打基地嗎？」

十三很乾脆地說：「可以，你跟我們走。」

「你是想殺我報之前的仇？」我不解地問，到底為什麼這麼執著要帶我走？但看著又不像是要報之前的仇。

貝貝著急的說：「哥哥，爸爸不會吃你的啦，雖然他把你亂丟，但是我罵過他了，你不要怕爸爸！」

啥？我滿頭霧水，貝貝該不會是被十三養傻了吧？

十三卻還點頭應和。

真搞不懂十三想幹嘛，但事情似乎有轉圜的餘地，這異物潮是十三領的頭，我還真沒把握打贏，如果能有別的解決方案，那就再好不過了。

基地內傳來的動靜越來越大，急促的腳步聲似乎都到門後了。

「疆書宇，現在就走！」十三固執地說。

「不行！」我比他更強硬的說：「你們先待在山林裡，晚上我來找你們，只能有你和貝貝在，只要有其他異物，我就不會出來。」

十三瞇了瞇眼，說：「修羅也在，你不來，我就進去抓你。」

我試著討價還價：「不能有修羅……」

說到一半，我聽到凱恩著急呼喚的聲音。

基地厚重的大門漸漸被推開，十三的神色一變，腳爪緊抓地面留下刮痕，他望

向我，原本懶散的姿態瞬間繃緊，隨時預備出手。

見狀，我實在不想談崩，異物潮就夠難搞了，更何況還是十三領來的，只能無奈答應：「我晚上一定來找你，你讓異物離基地遠一點，否則這裡這麼多食物，你確定自己能管住他們不吃？」

十三無所謂的說：「食物很多，去別的地方吃。」

我抽抽嘴角，確實，末世剛開始，多的是人和動植物可吃，落單的異物或許還會餓肚子，但異物潮是走到哪吃到哪，什麼都擋不住啊！

「你會來？」十三又確認一次。

「會！」我咬牙應下。

十三點點頭後抱起貝貝，她還不安分地扭動，喊著「等等，帶哥哥走啦」，奈何十三這次沒再點頭，反而頭也不回的領著修羅就走了。

我望著再也無人的樹叢，眉心皺得能夾死末世的蚊子！

「冰槍！」

基地門一開，凱恩衝過來，上下打量確定我完好無缺，神色才總算放鬆下來，立刻送上兩顆大白眼，表情無奈至極。

上官辰鴻來殺我，十三來抓我，我是受害者好嗎！

「你竟然敢殺他！」

門口傳來又急又怒的吼聲，伴隨著大部隊的腳步聲和武器金屬撞擊聲，一聽就是來者不善。

我轉身面對來人，冷冷的說：「人不是我殺的，我沒掏人心臟的興趣！問問剛才逃回去的兵，他們離開基地是為了什麼，剛才到底發生什麼事，他們最好不要想著誣賴我，異物已經繞來後山，現在鬧內鬨就一起等著被吃！」

朱元洲怒火沖天，聽到這話還是回頭看剛才逃回去的兵，發現那些人沒有開口反駁的意思，臉色立刻沉下去。

「到底發生什麼事？」凱恩不放心的靠上來，眼神又開始掃來掃去，似乎不信我真的沒受傷。

我冷哼一聲後解釋：「那傢伙想殺我，沒偷襲成功又帶兵堵在回基地的路上，還蠢得把人分散開來找我，我還在想是要直接打一波，還是懶得理他，從別處進基地，他就被突然出現的異物一腳踩死，連心臟都被掏去吃。」

句句事實，我都不需要說謊，只是隱去自己認識那個異物而已。

一個軍人不滿的高喊：「你就躲在一旁看著異物殺人？根本是存心讓人死！」

聞言，我簡直都要氣笑了，花好大心力才保持住酷臉。

凱恩怒道：「你們要殺冰槍，還怪他不救人？這幾個兵站在上官辰鴻身邊都沒護住人，冰槍又來得及做什麼？」

聞言，朱元洲看著地上幾具還熱呼著的屍體，沉默不語，周圍的兵也無法反駁。

只有剛剛開口指責的那人又狡辯：「你那麼厲害，真的沒察覺周圍有異物嗎？」

凱恩怒極反笑：「察覺又怎樣？讓異物吃了你們，不正好方便冰槍進城？」

「你——」

「夠了！」我怒斥：「你們是真打算死在異物的嘴裡嗎？竟然來殺我？那些會鑽地的角鼠，沒有我，你們打算怎麼解決？」

朱元洲皺眉道：「我沒有派人殺你。」

我不耐煩地說：「不管是不是你下的令，動手都是你們的人！一切等活過今晚再說！現在馬上進城，剛才殺上官辰鴻的異物不是省油的燈，還不知道有多少躲在附近，你們不想活，我還想要命！」

說完，我朝凱恩吼一聲「走」，然後搶先回基地，免得又被人堵在外頭，凱恩二話不說就跟著走。

回到基地沒多久，朱元洲一行人也回來了，他們還把上官辰鴻的屍體拖回來了。

屍體果然斷成兩截，連心臟都被修羅掏走，就算這些軍人沒戳腦袋以防萬一，真讓屍體變成異物，也造不成太大傷害，那就隨他們了。

所有人的神色看著都挺沉悶，這也不讓人意外，上官辰鴻死了，不管死因是什麼，他們回去肯定沒好果子吃。

朱元洲走過來，態度謹慎地說：「整體可以聽你指揮，但我的人由我帶領，等度過這一劫，我們馬上就走。」

我冷笑一聲說：「放你們回去召集更多人手再來一次？」

朱元洲信誓旦旦的說：「我可以保證會把你的實力誇大說，讓上面投鼠忌器，不敢說一定不會再來，但至少短時間內沒有辦法過來。」

這話倒是可信，如果他直接保證不再過來，我反而要不信了。

凱恩接過話，懷疑的說：「上官家的兵應該遠遠不止四百個吧？再湊一批人應該不是難事，你就這麼敢保證上面的人不想再打一次？」

朱元洲嘆了口氣，老態畢露，說道：「上官家也是一盤散沙啊，世界都大亂了，一個個還在爭權奪利，你別覺得辰鴻這小子真有多差，他是剛愎自用了點，脾氣又不好，但他卻是唯一肯主動出手的人，其他人是連兵都不想出，光等著佔便宜。」

呵呵，其他話不好說，但「主動」這形容詞倒真不是假話，上官辰鴻要來攻打湛疆基地之前，還有空派個黑影人去搞小殺他哥唯一的武力隊伍；異物還在外頭虎視眈眈就來偷襲我，這行動力簡直一百分——負的！

我懶得聽他幫上官辰鴻洗白，也沒反駁，只是無視他，跟凱恩說：「排好夜間輪班了嗎？人手要足夠，不能貪休息，讓沒有戰鬥力的人去看著點也好。」

「阿諾搞定了，他幹得很好。」

我點點頭，轉身就走，留朱元洲在原地尷尬。

但凱恩跟上來，低聲問：「地道還繼續打嗎？」

我「嗯」了一聲：「繼續，但出口不能打在後山，要打得更遠。」

凱恩苦惱地說：「要打那麼遠，時間不夠吧？為了不發出聲響引起注意，鄭行聽你的叔叔，洞打得深，進度比想像中慢。」

「盡量吧，晚上我得出去一趟，我見過那個殺死上官辰鴻的異物。」

凱恩臉色一變，咬牙切齒的說：「見過又怎樣？你出去能幹啥？該不是想去暗殺吧？別傻啊，外面的異物那麼多，你別找死！」

「我們撐不過去。」我直接解釋：「領軍的異物是十三，未來的頂階十二強者之一，我之前被鳥叼走的時候見過他，十三和別的異物都不同，他似乎保有一點人性，而且還會說話，可以溝通的，事情說不定有轉圜的餘地。」

聽到這話，凱恩也很震驚，但他皺了皺眉，一口否決：「還是不成！你若出事，還是在我知情的狀況下，老大能把我碎得比沙子還細，都不如拚死抵抗，就算最後被異物吃了，好歹能留個骨架！」

外面連不挑嘴的角鼠都有，別說骨架，毛都沒得剩一根好嗎！

我繼續勸說：「我跟那個異物有點交情，他不會殺我。」

「你跟異物能有什麼交情？下肚前的食物情？」

凱恩一臉的「你別騙我了」。

我無奈地說：「一言難盡，但他不想殺我是真的，我出去跟他談談，說不定能逃過這一劫。」

凱恩立刻說：「那我跟你去。」

我白他一眼，沒好氣的說：「少來拖累我，真要出事，沒你在，我說不定還逃得掉。」

聞言，凱恩也知道是事實，苦著臉說：「小宇你真不能出事啊，我真的會被老大千軍萬馬啊！」

是千刀萬剮。

我深呼吸一口氣，說：「我先假裝回房休息，再偷偷出去，你別讓朱元洲知道我不在，若是我到天亮還沒回來……」

凱恩古銅色的臉都嚇白了。

我連忙換個口吻說：「那可能是故意引十三去別的地方，你見情況行事，記得要防著朱元洲，但盡量別跟他撕破臉，如果真要翻臉，一定要立刻控制他當人質。」

我不放心的碎碎唸半天，外頭突然傳來狼人接二連三的長嚎，卻遲遲沒有聽見外頭有槍聲反擊，顯然沒有異物進攻，這狼嚎莫非是十三在催促我？

直覺告訴我，應該就是這麼回事，這真讓人有點無言。

聽見狼嚎不斷，凱恩試圖再阻止一下，勸道：「書宇，要不還是算了吧，說不定老大就快到了，要是他知道你獨自去赴會，我就要變風吹砂……」

煩死人啦！我惱得怒吼：「我已經三階了，比大哥還強上一階，能幹掉我的玩意兒，肯定也能把你吃得連骨頭都不剩，都不用等到我大哥過來把你碎得比沙子還細！」

凱恩激動的說：「書宇你果然比老大還強！平常你都不肯承認，老大總說你比他強，雲茜卻說異能先不算，光論打架肯定是團長強點，畢竟當那麼多年傭兵，打架的經驗多得很。」

我還有在末世打十年異物的經驗呢——喔不，應該是說被異物打十年的經驗，一個失手就立刻沒命，驚險程度遠勝傭兵。

凱恩在那邊激動不已，我搔搔臉有點不好意思，說：「我比大哥強，你就這麼高興啊？」

「高興啊！」凱恩就差歡呼了，「我賭贏啦，這次終於不用洗碗，換雲茜洗！」

……下次進城還是搬台洗碗機吧。

第九章

爸爸哥哥和我

心情略忐忑不安，重回後山林，雖然有種直覺，十三對我沒有太多敵意，但還是得打著十二萬分警惕才行，再怎麼沒有敵意，我們也互相在對方的菜單上，他的進化結晶是我的大補丸，我的血肉是他的人參。

踏入森林，我立刻感覺到附近有強大的異物，但這應該不是十三，端看能量高低，猜測可能是修羅吧。

「哥哥！」

小女孩從草叢衝出來，像顆小炮彈直接衝到我懷裡，我一怔，摸摸她的頭，同時察覺十三就在後方樹林間，這一次，我居然能隱約察覺到他，卻是在貝貝衝出來之後才有所感覺，瞬間寒毛直豎。

即使修羅的體型遠大於十三，外表更加恐怖，卻沒有給我這種強烈的生命受到威脅感，十三似乎比之前來得有敵意，為什麼呢？

我想稍微推開貝貝，讓自己的腿擺脫束縛，也方便問貝貝一些事，但她抱得緊緊的，輕推竟是推不開。

終究還是害怕的吧？我心軟的問：「貝貝給哥哥抱抱好嗎？」

貝貝迫不及待地舉起手，我順勢抱起她，女孩把小腦袋掛在我的肩膀上，涼涼的臉蛋貼著我的脖子，漸漸暖和起來。

我輕哄著說：「沒事了，貝貝不怕，哥哥保護妳。」

貝貝用力的「嗯」了一聲。

這時，十三踏出草叢，姿態如臨大敵，一雙腳爪都開始無意識的緊抓地面，眼神直盯著貝貝，讓人一眼就看清他最看重的是什麼。

敵意該不是因為貝貝跑過來吧？我心情有點複雜，十三這傢伙是真的很重視貝貝，至少比我重視得多，這些日子以來，我又有幾次想起貝貝這個落在十三手中的女孩？

一如當初，在冰天雪地中保護貝貝的人不是我，而是十三，是一隻異物。

有貝貝在，這架是打不起來了。我也就直問十三：「你到底想做什麼？」

十三緊盯著貝貝，說：「貝貝要你。」

啊？我臉黑了，從沒想過竟是這個原因，咬牙再問：「你該不是因為我才來攻打湛疆基地？」

十三搖頭說：「僕人要吃人，這裡很多人。」

你怎麼也「僕人」了，我的老天，十三被我這隻小蝴蝶搧得從異物王者變老爺了嗎？

貝貝童言童語的解釋：「爸爸帶僕人來吃飯，結果剛才看到好多漂亮的冰，爸爸就認出哥哥啦，終於找到哥哥了，我們可以一起回家。」

尼瑪，什麼爸爸哥哥的，我怎麼就成十三的兒砸啦？難怪在我出手做冰角鼠串串後，異物就退下沒再有動靜，原來是認出「哥哥」了啊！

我納悶的問：「貝貝妳連爸爸媽媽都不記得了嗎？」

「貝貝記得爸爸呀！」貝貝看向十三，嘟嘴說：「媽媽死掉了，沒有了，爸爸說的。」

我看向十三，這是胡說八道應付小女孩，還是真的？陳姨沒了？

十三解釋：「那裡的人都被吃了。」

我沉默了一會兒，阿諾領來的人沒有陳姨，她沒有聽我的話跟著軍隊走，不知是在原地等我帶她女兒回去，結果被吃了，或者是找到老公就跟著離開，不管是怎樣，在這亂世中都很難再得知真相。

我看著懷裡的貝貝，總覺得自己虧欠她許多，試著問：「既然貝貝喜歡哥哥，那就留在哥哥身邊吧？」

都是因為我的一時腦殘，害得貝貝留在異物身邊，但她畢竟是人，現在年紀還小，只要被十三養著就夠了，但她會長大，之後肯定會有許多問題，不能就這樣把她留給十三。

十三瞬間大怒，臉上鱗片浮現，覆蓋足足半面，瞳孔縮緊成梭狀，但他沒有上前動手，不知是目前的近戰能力不如我，還是顧忌貝貝在我懷裡，他只有使用精神系能力攻擊。

我立刻後退數步，有所防備後，他的精神能力能造成的傷害有限，我咬著牙，雖然傷害不大，但頭疼不是疼，疼起來要人命啊！

「爸爸不要欺負哥哥啦！」

貝貝扭動掙扎下地，撲到十三腳邊猛捶著他的大腿，十三看著竟有些無措，滔天的敵意瞬間消失，只能面無表情地任由小女孩捶他。

這巨大的反差差點讓我笑了，沒想到這未來的異物王者真的變成奶爸，還是寵女無極限的恐龍家長。

貝貝認真無比的說：「爸爸你要當一個好爸爸，不可以打自己的小孩！」

不是，等等，我怎麼就成十三的小孩了？這誤會到底怎麼產生的？

十三沉默不語，沒再繼續讓我腦殼疼，真是一個千依百順的女兒控爸爸，就不知道他能不能順便當個兒子控，那我可以考慮考慮要不要叫爸爸。

貝貝過來拉住我的手，理所當然地說：「哥哥走吧！我們回家去。」

我蹲下來和貝貝對視，安撫道：「貝貝乖，哥哥有事要做，不能跟你們走。」

貝貝看起來有點失望，問：「那哥哥什麼時候可以跟爸爸和貝貝走？」

下輩子吧。我耐著性子說：「哥哥正在工作很忙，妳跟爸爸先回家去。」

十三這麼重視貝貝，我要是強行帶走她，說不定會走回十三見人就殺的老路，雖然很對不起貝貝和當初託付我的陳姨，但、但還是先這樣吧！

實在無可奈何，目前的我真沒有能力再多惹一個十三這種等級的仇家，光是上官家的事能不能解決都還不知道，雖然朱元洲說得信誓旦旦，但上官辰鴻畢竟死在這裡，就算人不是我殺的，也會被算在疆域的頭上吧。

更別提還有分子研究所這個大魔王在，我只能多分一份心注意貝貝的狀況。

我問貝貝：「妳說的家在哪裡？哥哥忙完事情就去看看妳。」

「哥哥還要忙完才能回家嗎？」貝貝不高興的嘟著嘴咕噥，最後生氣的說：「回家就是回家，貝貝不知道在哪裡！」

小女孩生氣跑回十三身邊，我只好改問十三：「你們真的找到『家』了嗎？」

十三搖搖頭，果然不出我所料，失憶的貝貝只是本能想要回到「家」這個讓她覺得安全的地方，卻不知道根本就沒有家了。

果然還是要看著點才行。我仔細吩咐十三：「你帶貝貝找好落腳地，再來通知我在哪邊，貝貝是人類不是異物，她會漸漸長大，發現自己和你們不同，之後會有很多問題，但我可以幫你。」

十三不知聽懂這些話沒有，但他應該明白我不會帶走貝貝，態度又重新變回懶散上班族，愛理不搭的，顯然不會是兒子控，我的那聲「爸」還是省了吧，要不還真對不起我家老爸，雖然他和媽很早就過世，但我還記得他們呢！

「你聽清楚了。」我比著不遠處的都市，宣告：「那片土地叫做蘭都，是我的地盤，你找別的地方去住。」

雖然上輩子那是你的地盤，但這輩子，蘭都我要定了！

十三看起來不怎麼在意我的宣告，只說：「那裡有個很大的，你打不贏。」

很大的什麼？我不解。

「對喔，很大！」貝貝插嘴道，小女孩脾氣來得快去得也快，瞬間忘記自己還在生哥哥的氣，拉寬雙手說：「有這麼大喔！比修羅叔叔還要大好多好多，他還有好多顆頭，爸爸只有一顆頭，所以打不贏他。」

很多顆頭——神木蚯蚓！那玩意兒確實很大，而且我還真是打不贏，上次被他追得差點連命都沒了，雖然現在上了三階，但神木蚯蚓住在蘭都，恐怕吃的人也不會少，又是那樣的體型，恐怕也是個三階。

「你真的打不贏神木蚯蚓嗎？你不是有很多『僕人』，一起圍攻可以打贏嗎？」

我忍不住問上輩子的蘭都王者，到底他怎麼解決神木蚯蚓，可以拿來做個借鑑，如果能提供弱點就更好了。

「神木蚯蚓。」十三唸了唸這個名字，然後搖頭說：「神木蚯蚓也有很多僕人。」

什麼？我的臉都要扭曲了，辣麼恐怖的玩意兒居然還領著異物潮，這根本不給活路啊！

真該慶幸攻打湛疆基地的異物潮是由十三領軍，而不是神木蚯蚓，否則未完工的城牆能不能擋下蚯蚓還不重要，重點是蚯蚓能直接從地底鑽過來啊！

但既然十三自己都說打不贏神木蚯蚓，那他當初怎麼成為蘭都之王？上輩子，我真沒聽過神木蚯蚓這東西，他應該沒活到後期，但這麼恐怖的前期小 BOSS 究竟是怎麼倒的？如果不是十三殺的，而是被別的玩意兒幹掉，十三又是怎麼解決比神木蚯蚓更強的異物，這邏輯真是越想越不通。

我忍不住一再問：「你真的沒法子殺他嗎？連拚命都不行？」

十三面無表情好一陣子，我假設他這是在思考，最終還是搖了搖頭。

這下可糟糕了，我這隻穿越的小蝴蝶搧搧翅膀，讓十三不再見人就殺，以為自己做了件好事，但搞不好卻搧出比十三更可怕的異物出來，那麼大的體型，食量怎麼都不會小吧！

十三說：「不用殺，他去另一邊，不會過來。」

我臉色一變，連忙追問：「他去哪邊？」大哥可還在外面，千萬別讓他碰上啊！

十三比著一個方向，我鬆了口氣，那倒不是大哥的所在方位，甚至都不是蘭都市區，而是外邊郊區——

我一怔，突然明白了。

上官家的軍區！

上官家明明有這麼強大的火力，我不知道上輩子他們是不是也和分子研究所買過晶能槍，但就是不算上晶能槍，他們的火力也是極高的，人手又多，還都是軍人。

到底是什麼東西有能力在那時就攻破上官家的軍區？

我心中突然閃過一個念頭，為了驗證，咬牙決定冒險試試。

「十三，用精神力刺我一下！」

十三不解的一字一字唸：「精—神—力？」

「就是讓我頭疼的那種力量。」

我解釋，同時閃過一個奇怪的想法，自己莫名其妙似乎總是在教導十三，剛開始甚至意外給他取名，這怎麼說都該是他叫我一聲「爸」吧？

長著粗壯尾巴的未來異物王者瞥來一眼，我被這個叫爸的念頭嚇得一個寒顫，連忙在嘴裡化出冰塊凍凍自己的大腦洞。

腦中突然一陣劇痛——

身後傳來巨大的爆炸聲響，所有奔逃的人全都不由自主地往前撲倒，只剩下抱住腦袋尖叫哀號的能力。

我趴在地上，從沒想過爆炸竟是這麼可怕的東西，明明看電影裡的主角一個飛撲就能躲過爆炸，然後迅速爬起來繼續跑。

等自己真正遇到大爆炸，才知道根本不是那麼回事，就算離得這麼遠，爆炸的轟天巨響還是讓我嚇得心臟彷彿都被炸一遍，耳鳴聽不見聲音，連腦袋都痛得像被炸一遍。

恍恍惚惚地爬起身來，聽見背後傳來非常詭異的嚎叫聲，在混亂吵雜的戰場上竟然還能聽得這麼清楚，這聲音到底有多大啊？

我忍不住回頭一看，軍區的方向煙霧瀰漫，只見一個無比巨大的可怖黑影正在霧中痛苦地翻滾扭動，那肢體扭曲得讓人想像不出到底是什麼東西，他似乎想攀過城牆逃走，但卻力不從心，爬爬摔摔的不順暢。

見到這種場景，我嚇得呼吸都停滯，此時此刻真的是世界末日了吧？這些怪物竟然能長到這麼大，面對這種東西，人到底要怎麼樣才能活下去？

我滿心絕望，連逃都不想逃了，與其過這種逃亡無望的日子，還不如早點去見媽……

火光一閃，軍區內接二連三發生大爆炸，聲勢比剛才更加猛烈，我整個人被震得倒飛出去，昏迷之前，看見那隻怪物悲鳴倒下……

我笑了，放心閉上眼，原來，人始終還是有點希望的。

「爸爸你又打哥哥！就是你一直欺負哥哥，他才會跑掉，現在又不肯回家啦！」

小女孩很生氣。

「疆書字說的。」回應的聲音聽起來竟有點委屈。

委屈的……十三？

我驚悚到回神了。

「你說的。」十三看著我，強調：「用精神力刺你。」

「我說的！」我連忙承認，還跟貝貝解釋：「不關爸爸的事，是哥哥要他做的。」

「真的？」貝貝一臉迷惑地問：「哥哥你喜歡爸爸打你？」

說得我好像被虐狂似的！我咬牙解釋：「不是喜歡被打！哥哥也有一些事情忘記了，爸爸的能力能讓哥哥想起一點東西。」

「這樣嗎？」貝貝似懂非懂地問：「對貝貝也有用嗎？貝貝想不起媽媽的臉，被爸爸打一下就會想起來嗎？」

頂著十三的吃人眼神，我立刻否決：「沒有！只對哥哥有用。」

貝貝失望的低垂著頭，見到女孩難過了，十三的眼神還是要吃人。

我白了他一眼，連剛才陷入回憶的時候，十三都沒動手，想來只要有貝貝在，十三是不會對「哥哥」動手的，隱在林中的修羅還比較值得警戒。

收到白眼後，十三看著我，似乎不明白這是什麼表情，但立刻被貝貝的一句「媽媽真的沒有照片嗎」引走注意力，開始用一個個「嗯」胡亂回應小女孩的問題。

對十三放心後，現在我該憂心的是另一個可怕的敵人，神木蚯蚓。

原來，上輩子我不是沒聽過神木蚯蚓，甚至還親身遭遇過那玩意兒，只是上輩子的關薇君只能顧著自己拚命逃亡，甚至都沒能看清大BOSS的全貌，直到現在見過神木蚯蚓後，才一眼認出那是什麼東西。

神木蚯蚓確實沒活到後期，因為他被上官家選擇同歸於盡的爆炸給炸死了。我仔細想想上官辰鴻那人，不可能，這貨絕對不會死守軍區，最後還選擇跟異物同歸於盡，肯定是率先逃走的那一批高官。

絞盡腦汁，我努力想著當時到底發生什麼事，該死的還只能從夏震谷的罵罵咧咧中找尋線索，時間真的隔得太久，除了剛剛想起來的大爆炸，其他上官家的豪門家族內鬥，對我來說一點都不重要，哪怕夏震谷當時唸得我耳朵長繭，現在還是完全想不起來。

事實上，若不是正巧夢見，我連上官這個姓氏都不可能想起來，時間真是把記憶的殺豬刀，重生帶來的先知優勢都還沒一年就差不多喪失殆盡。

末世後首次有那麼一點感激夏震谷，若不是他整天罵罵咧咧，盡關注在那些強者和權力鬥爭上，我能想起的事情估計更少。

雖然想不起真相如何，我卻有個猜想，那時守城的軍人有沒有可能屬於小殺的哥哥，上官辰皓？

之前遇到上官辰皓的手下唐良，他和他的兵給我的印象相當好，剛相遇時，他們遭遇角鼠潮，逃亡還不忘伸手想拉回同袍的景象，讓我忍不住出手救他們，這品行比上官辰鴻的兵要好得太多了。

當初留下來的兵或許真有可能是他們？那我真是還了救命之恩，然而這可能只是讓他們多活個幾天而已。

上官軍區，還有衛小哥在……

我忍不住看向十三，這傢伙領著異物潮啊，如果能有他幫忙——不，等等，自己在肖想什麼呢？

十三因為貝貝而停止攻擊基地，這已經是我難得的好運氣了，自己竟癡心妄想讓他領著異物潮去幫忙救人？

到時別是直接加入神木蚯蚓的異物潮一起吃人！

末世初期的異物還是以食慾為主，要是十三真能控制他們不吃人而去揍另一群異物，那我乾脆現在就開口叫「爸」，還當什麼冰皇啊！

我深呼吸一口氣，不再想不切實際的事情，只要求：「看在貝貝的份上，你能帶著異物離開，不要吃我基地裡的人嗎？」

對此，十三似乎並不為難，說：「我去神木蚯蚓那裡吃。」

住手啊喂！預感成真，兩股異物潮真的合作吃人啦！我立刻說：「那邊也不能

吃！」

十三只是淡淡地看了我一眼，沒有回應。

我咬牙，果然異物終究還是吃人的異物，只怪十三維持大半人形，不發怒的時候還毫無威嚇力，加上他對貝貝的愛護，甚至還遵守承諾的性情，讓我的戒心降得太低，以至於都忘記這傢伙吃人還挑食，專挑心臟吃。

若不是貝貝，我的心臟就是他現在最想要的食物！

光是神木蚯蚓就能讓上官軍區覆滅，但在那些軍人的抵擋和同歸於盡之下，還是有許多人逃過一劫，如果這次加上十三，那大家都別想逃了！

為了保全自己的基地，讓十三過去另一邊的軍區吃人，我良心實在過不去，但更不能讓他在這裡吃人！

或者在這裡動手除掉十三？但十三加上修羅，兩人實力高強，而且能力還互補，簡直不能更棘手，雖然我也有小容支援，但在投餵這點上，自己還真是不如十三，自家小弟明顯沒有修羅來得強，我真是不敢誇口能打贏對面的雙異物組合。

打不贏，自家基地絕不能出事，又不想眼睜睜看著上官軍區遭難，難怪冰皇曾說我捨不得的事太多了，現在，我該建議十三去哪吃人？哪邊的人該在我的建議下被捨棄？

我強迫自己冷靜，別去想太多有的沒的，盡力降低傷害就夠了，還期望自己能拯救世界還怎麼的？

「去蘭都裡面吃吧，你去跟神木蚯蚓爭食，說不定會引來他的不滿，到時兩方打起來，貝貝會有危險。」

蘭都裡的倖存者很分散，不會被一鍋端，等我和大哥會合，立刻就去找斬展合作，三人合作肯定能滅掉這隻未來的異物王者！

十三卻說：「吃飯不帶貝貝。」

我立刻說：「你不帶貝貝，還能把她託付給誰？其他異物就算能一時忍著不吃她，但難保你一離開久了，那些異物就不聽令。」

十三點頭，似乎也同意我的話，說：「我和貝貝站遠處，修羅去吃，神木蚯蚓不打他，會打我。」

這倒是極有可能，十三會威脅到神木蚯蚓，修羅卻可能直接被當成手下，現在的異物潮只是異物聚集起來進攻而已，不算真正組織起來了，神木蚯蚓可能根本搞不清楚異物潮裡到底有哪些異物，只要裡面別有比他強的就好。

但十三你一個異物的智商要不要這麼高……

難怪上輩子能成異物王者，不說十三到底有多少種能力，光是他在末世第一年就有這樣的智力，知道不與神木蚯蚓硬碰硬，等到神木蚯蚓被炸死後，蘭都還不就是他的了嗎？

——等等，我突然想起來，神木蚯蚓會在上官軍區被炸死啊！如果十三現在過去了呢？

就算十三說他不下場，只讓修羅進軍區，那至少可以解決修羅和十三目前大部分的手下——代價卻是上官軍區的人這一次可能幾近覆沒。

「哥哥。」貝貝突然握住我的手，小聲說：「爸爸和僕人都要吃飯，跟貝貝也要吃飯和糖糖一樣，你不要生他的氣，爸爸已經吃得很少了，他不會亂吃……飯飯。」

「糖糖是什麼？」我臉色一變，一個異物會讓小女孩吃什麼東西填飽肚子？

「就是這個啊！這顆糖糖給哥哥，貝貝留的，特別大喔！」

貝貝從斗篷小口袋掏出東西就往我手裡塞，我還真怕手上握著人的眼珠子什麼的，但定睛一看，啞口無言，這不就是——

我猛然抬起頭來，立刻抱起貝貝退開一大段距離。

十三瞬間暴怒，他想衝過來，但又猛然停下腳步。

一道黑，無聲無息地出現，間隔在我和十三之間，若是沒吃過結晶的人，可能都看不見發生什麼事，直到這黑吞噬一切後收縮消失，在林木雜草叢生的中央開出一塊圓形的真空地帶。

見到如此可怕的能力，我卻是狂喜，終於來了啊！

大哥！

數人陸續走出森林，夜太黑，距離又還遠，大多數人都看不清面貌，為首的人走出樹影，沐浴在月光下，看起來殺氣騰騰，威嚇力一百分！

收斂點，別浪費能量啊！大哥。

我家大哥的能力能補能打，千好萬好，就是太耗費能量，續戰力不佳，哪怕手握結晶都來不及吸收補充，唔，其實還有施放速度不快這一點，突破三階後或許能解決吧。

但這些都不算什麼，反正大哥是疆域的老大，總會有人輔助他，就是弟弟先擋著讓他放大招都行啊！

一聲嘶吼，修羅從樹林間跳出來，擋在十三的身前，還手握兩根尖刺，彷彿雙刀客似的，但藍白色的光一閃，他差點沒能握緊尖刺。

另一個人影走出樹影，站在我家大哥身旁，手上還環繞著電光，宛如小蛇般的閃電在手指間環繞，靈動得讓人覺得這閃電簡直要活了。

靳展，未來的雷神。

怎麼連靳展都跑來？我不解地看著對方，他竟放著蘭都的根據地不顧，親自跑過來，不知道靳鳳有沒有過來，還是她負責看家呢？

靳展看了我一眼，不知怎麼著，我覺得他的神色好像帶著滿意，我忍不住把背脊挺得直直的！

他轉頭對我家大哥說：「本以為你這弟弟膽小，倒是我看走眼了，這膽子真是大，自己一個人都敢來跟異物談判。」

大哥怒瞪我一眼，滿滿都是「禁足」二字，贊同道：「這膽子確實太大，我倒寧願他膽小！」

我立刻膽小，抱著貝貝縮進樹影，試圖減低存在感，反正現在不需要我了，有大哥有靳展在，別說十三，就是神木蚯蚓來了，我都不怕！

先滅掉十三再說。我用眼神示意大哥，沒有開口說話，免得讓十三有所警戒。開戰前先吼一聲，這是傻子才幹的事！

大哥瞬間領悟，伸手就是兩道刀刃型黑影朝擋路的修羅轟去，對方想用尖刺抵擋黑影，卻在十三一個「躲」字示警後，及時捨棄尖刺閃開，這才只犧牲武器，沒擊中身體。

可惜啊！我扼腕，施放速度果然還是太慢。

但真沒想到大哥已經能把能量收成這麼精準的大小，之前還只能一道大大的能量噴出去呢，看著是非常威風，彷彿丟出一顆無聲炸彈，沉默地粉碎一切，簡直不能更駭人！

就是太浪費能量，平常裝裝威風是一百分，放到實戰中，那就是不及格。

這時，十三突然轉身想朝我的方向撲來，卻在半途不得不停下腳步，閃過那道能撕毀一切的黑色刀影，卻沒閃過雷電。

十三被電得一陣僵直，修羅伸手拉住他，閃過黑色刀影。

這時，靳展突然悶哼一聲，身影搖晃，差點都要倒下，但他踉蹌一步後站住了，他單手抓緊腦側，強忍疼痛，另一手伸出去就放大招，電網爆開來，緊密得閃無可閃。

但這電網沒能出現多久，十三半臉都是鱗片，瞳孔幾乎緊縮成梭狀，雙目皆紅，這似乎是在使用精神能量，就算不是攻擊我，都能感覺到腦袋有點發悶。

大哥緊繃著臉，疼是疼的，但似乎還可以忍受，另一邊，靳展卻痛得雙手抱頭，鼻血都流出來了，顯然主要受到精神攻擊的人是他。

修羅嘶吼一聲，像是刺蝟般長出滿身尖刺，隨後爆射出去，這時，數十道風刃衝出來迎擊，卻不夠擋下這些尖刺，只能阻一阻去勢，在此同時，水牆升起來，終於化去剩餘的力道，這才沒讓斬展被射成仙人掌。

小殺和雲茜都來了嗎？

水牆落下，滿地的水流奔騰，我看著腳下的水一眼，心有所感，立刻騰空跳到樹幹上，果不其然，隨後電流就順著水來了，完全沒在顧慮我的安危。

斬展你好樣的，想電死妹夫嗎——咳，我是說，電死暫時的夥伴嗎？

「爸爸！」我懷中的貝貝拚命扭動，哭著說：「哥哥，他們打爸爸，你快去救爸爸！」

貝貝這力氣還真是不小，吃太多糖糖了吧？我一邊抓緊女孩一邊胡說：「沒辦法，哥哥打不贏他們，妳別動乖乖待著，不要讓爸爸擔心妳。」

說完，貝貝還真不敢動了。

這電擊還是沒能擊倒十三和修羅，尤其是修羅，他的身體堅硬程度倒是超乎想像，十三看起來還有點受創，但這並沒能讓他失去行動力。

反而是斬展的狀況看起來還比較不妙，連雙目都開始流出血絲，他不知是頭痛得發狂，還是開始陷入幻覺，掏出槍就開始瘋狂射擊，奈何修羅根本不怕槍，就是十三似乎都不像之前那麼害怕子彈。

反而是大哥還得閃躲他偶爾射歪的子彈，乾脆幾個擒拿手打掉對方的槍，斬展想反過來跟他動手，但一個人衝上來從背後抱住他，大喊：「斬哥！是我，是阿志啊！」

聽到熟悉的聲音，斬展冷靜下來，不繼續胡亂攻擊，又知道自己狀況不對，只瞪著通紅的雙眼不再有動作。

見狀，我重新落回地面，緊盯著場上的狀況，化出冰晶匕，打算尋到最好的時機出手，一舉擊斃十三。

大哥卻瞪我一眼，不想給我出手的機會，他主動攻上前去，看得我連連翻白眼，就你目前的能力施放速度，請乖乖當遠程打手好嗎？

看他主動進攻的對象是十三，我也就沒阻止了，十三目前也不是近戰高手，尤其他還得分心禁錮斬展。

小殺、雲茜和幾個我不認得的人則去纏住修羅，雖然沒有一個人打得贏修羅，但纏住這個任務還是能辦到的，我仔細看著他們的戰鬥，修羅是絕對的近戰高手，一瞬間可能就會死人，不能不防。

鄰近的林中，狼嚎聲四起，我臉色一變，十三通知其他異物了，他們的距離不遠，看來得速戰速決……

這時，大哥突然一聲痛吼，我嚇得連忙看過去，他往後撤退好一段距離，左手燃著奇異的藍色火焰，他正用治癒能力去壓制那道藍色火焰，雖然火焰立刻就熄了，但他的神色卻是在忍痛，冷汗都滴下來了，顯然治癒成效有限。

莫非是地獄火？我恍然，冰皇曾說過十三會有的能力，看來這世仍舊沒有變，即便有貝貝在，十三還是那個危險十足的異物王者。

逼退大哥後，十三竟沒選擇立刻逃跑去和異物會合，而是朝我的方向衝過來，直盯著貝貝，不肯棄她而去。

我心中震撼，這異物王者是真愛貝貝啊……

後方，大哥的黑刃支援抵達，十三用腳爪朝側邊一彈，落地時踉蹌好幾步才站穩，腳踝處少了一塊血肉，沒完全閃開，這大大減緩他的速度。

在十三靠得夠近後，我將貝貝拋到身後，現出冰晶匕，同時寒氣一發，凍住十三腳下的地面，這凝結不足以困住他，只停滯一瞬間，但這樣已經夠了，我舉起冰晶匕，滑衝過去。

十三還想躲開，但我再次凝結地面，在周圍升起冰牆，絕不讓對方逃脫，瞬間抵達他的身前，近得我能看清他的雙眼，這時，藍色火焰的火光一閃，但已經來不及，他不夠熟悉這個能力，速度太慢了。

我沒忍住，多開口說了一句：「我會照顧貝貝。」

冰晶匕，刺出——

背後，傳來小女孩的尖叫：「不要打爸爸！」

尖叫宛如海嘯，震碎所有冰封，離得最近的我瞬間腦袋一片空白，失去意識前，只想到那所謂的「糖糖」……

進化結晶，貝貝妳到底吃了多少？

第十章

地獄裡的人

「小君姐，這個給妳。」

我瞪著手上的進化結晶，唷，居然還是少見的一階進化結晶呢，真是越來越會藏結晶了，竟然沒被夏震谷發現。

對方認真的催促：「快吃吧，被看見了不好解釋，雖然我也不懼！」

這話說得真是豪氣干雲啊！我抬起頭來，眼前不是英雄豪傑，只是一個年輕的大男孩，雖然已經有點男人味，但一笑起來就是稚氣未脫的模樣。

所以他再也不笑了，為了能夠領導小隊，整天裝得成熟穩重，奇怪的是別人竟然也信了，這張臉到底哪來的威嚇力？

我不信的伸出手，捏捏對方的雙頰，他瞪大眼，卻沒有阻止我。

看吧看吧，還是那個任搓任揉的娃呢！我非常滿意，出其不意地扣住他的下巴，然後把進化結晶塞進去，就不信他還會吐出來要我吃。

「你吃吧，我吃也沒有什麼用。」我自嘲道：「槍對異物造成的傷害越來越少了，我看得很清楚，視力異能以後怕是沒什麼用處，這結晶就不要浪費在我身上了。」

「至少可以強身健體！」

他果真沒法吐出結晶要我吃，只能吞下去，卻不肯放棄，又拿出其他結晶來，見我不收，他直接丟在桌上，大有就這樣轉身離開，結晶吃不吃隨便妳的賭氣意味。

看著他轉身離去的修長背影，寬肩說不上，但窄腰大長腿可一樣不少，還挺養眼的，但太單薄了，還不夠強壯。

「衛小哥。」

我喚住他，認真地說：「你別再偷藏結晶拿回來給我，夏震谷那貨對這種事情最精明，恐怕已經起疑，要是讓他抓到一次，他肯定扣你三倍四倍起跳的結晶，到時你的實力落後，可就任由他擺佈了。」

衛名允轉過身來，生氣的說：「我不會比他弱！他的身手根本不行，只是結晶吃得多，異能比較強。」

「我知道，所以他才討厭你，千萬別給他一勞永逸的機會。」我傾身向前把結晶往他的方向推，低聲說：「偷藏的結晶直接吃下去吧，努力變強，但別表現得太強。」

衛名允心情複雜的看著桌上的結晶。

我拍拍他的肩，說：「以後就靠你保護我啦，練強點喔！衛小弟。」

「好，我保護妳。」

他一把抓起結晶全吞下去，我好笑地看著他這孩子氣的舉動，隨後，他竟直接往前一撲沒有聲息。

我驚得一愣，連忙把人翻過來看看死了沒有，這蠢小子到底是噎到了，還是吃太多消化不良，別嚇人呀，快快睜開眼……

人翻過來後，卻不是想像中的昏迷，衛名允瞪大眼問：「小君姐，妳還記得我跟妳說過的話嗎？」

啥？你說過的話那麼多，我哪知道——猛然想起那句話。

只要是妳想的，不管是做什麼，待在哪裡，我都會支持妳。

我睜開眼，然後嫌棄地把大哥的臉挪遠一點，一張眼就是大哥著急充滿怒火的黑臉，這是要嚇死弟弟啊！

大哥張嘴在說話，我卻什麼都聽不見，熟悉的治癒光芒閃了又閃，卻都不對位置，我把他的手拉到耳朵邊，請先治好本聾子後再說話好嗎！

我扶著腦袋爬起來，除了頭痛欲裂，耳朵沒知覺，倒是不覺得其他地方有受傷，扭動脖子試圖緩解頭疼的時候，發現另一張床上的人動作跟我十分相似，都是扶著頭，一副腦袋剛被大象踐踏過的表情。

靳展，嗯，今天開始不叫他雷神，就這張彷彿被踐踏過的臭臉，我決定等他登基後再改口叫雷神。

除了靳展，他的床邊還站著一個我不認識的傢伙，似乎是靳展失控時抓著他的手下，叫什麼阿志的。

「書宇、書宇你聽得見嗎？」

「二哥啊！」

耳朵一痊癒，周圍哥哥妹妹的聲音如潮水湧過來，我的腦袋嗡嗡作響，痛苦地說：「聽見了，君君妳別叫，我的頭好痛。」

書君立刻閉上嘴，只是那滿眼擔憂還泛著淚光的表情，看得我的頭繼續疼。

我忍著疼說：「我真沒事。」

「你七孔流血還叫沒事？」

七孔流血？哇靠，貝貝這尖叫夠給力啊，雖然有猝不及防的因素在，但能夠把我叫得七孔流血，這至少得有二階吧！

二階的概念就是貝貝等於大哥等於靳展，呵呵，末世的小孩果然是大殺器，一個個能在末世活下來都不簡單，若不是背後有人，不然她本身就是個人物！

「又流血。」一隻手伸過來幫我擦耳朵。

「耳朵不疼了，應該只是之前積在裡面的血流出來……」

解釋到一半，我瞪圓眼，呆呆地看著眼前的胸——不，是眼前的人，她站在床邊，我坐在床上，這高度差實在很美妙——我是說，不太妙！

我連忙垂下眼，免得頭都已經在疼了，還得被敲腦袋。

結果收到揉揉頭的溫柔待遇，我抬頭正好看見斬鳳勾起嘴角似笑非笑，她無所謂的說：「都收過紅包了，隨便你看。」

啥？我抬起頭來，不解地看著她，所以是真的能看嗎——去，我還真的想看呀，別這麼色魔啊疆書宇！

趕緊扯回正題來，我連忙問：「妳、妳為什麼在這裡？我以為妳留在蘭都看家，妳和妳哥都來了，家裡沒人看著，這樣不好吧？」

斬鳳卻說：「蘭都亂了。」

我剛疑惑想著何止蘭都，整個世界都亂了，蘭都還能怎麼更亂？然後就想起神木蚯蚓的事情來，當然亂了，異物潮從市區衝向上官軍區，這不亂都難。

「其他事暫緩。」大哥插話問：「書宇你先說還有沒有哪裡疼。」

聽出他語氣中的疲憊，我感覺到大哥的能量幾乎見底，不知道是在我身上放太多治癒，或者在我失去意識後，他們繼續和十三打的緣故？還有十三帶來的異物潮呢？

我搖頭說：「我沒事，十三……剛剛跟我們對峙的異物呢？」

雖然蘭都的事情也很重要，但十三才是近在眉睫的大災難，單打獨鬥不是問題，他帶來的異物潮才是最可怕的東西！

大哥解釋：「跑了，那聲尖叫不止轟倒你，那個異物也倒下了，另一個大傢伙把他和女孩都扛走，我們那時離得遠，但還是受到影響，沒來得及阻止他走，而森林裡傳來的狼嚎聲太多，所以我們決定不追，先退回基地裡。」

我點頭表示明白，看來貝貝確實只是在吃糖，壓根沒練什麼異能，只是見到爸爸有危險，一時情急爆發出來，還無差別攻擊把我和十三一起擊倒。

大哥朝斬鳳瞄了一眼，說：「他們的探子說異物已經漸漸散開，有的朝著蘭都走去，也有些想攻擊我們的基地，但是散亂不成隊形，直接被基地內的重火力擊退了。」

我想了想，十三這一倒，沒醒來前，修羅搞不好都不敢回到異物潮中，他們手上有個貝貝，二階的人類血肉，沒有十三壓著那些異物不敢擅動，肯定要被吃得骨頭都不剩。

末世十年裡，修羅一直是十三最忠誠的戰將，他應該會選擇保護貝貝，暫時遠離異物潮，畢竟十三把貝貝看得比自己的命還重要。

十三這邊短時間內不是問題，就算他能重新控制異物潮，我們這邊有上官家的重火力，又有斬展他們的加入，實力大增，完全是一塊能噎死異物的硬骨頭，他不見得會選擇再次攻擊我們，很有可能會轉向……

我皺眉，又問：「剛才你們說蘭都亂了是什麼意思？」

旁邊，斬展嗤笑了一聲，嘲道：「有點能耐啊，瞧這問話的陣仗，堂堂疆域團長疆書天還得聽弟弟的呢。」

他的語氣十分嘲弄，顯然不是說真的，而是諷刺的意思居多，我眨眨眼，難道斬展沒看見十三差點被我殺掉？

想想當時的角度，十三和修羅的體型恐怕能把我的身影擋得嚴實，斬展又處於十三的精神攻擊之下，最後是貝貝的無差別攻擊，這些事說起來很多，但實際發生的時間也就幾秒鐘，斬展還真有可能沒看清發生什麼事。

既然如此，我還是繼續當個花瓶吧，後續視情況而定。

大哥冷道：「我疆書天就聽弟弟的話，有什麼問題？」

斬展挑了挑眉，笑說：「你聽我妹夫的話，當然沒有問題。」

「……」

書君不敢大聲叫，只委屈的輕聲說：「二哥，說好不偷偷結婚的呢？我要當伴娘的，結果連婚禮都沒參加到，怎麼這樣嘛！」

我什麼時候結的婚，就連我自己都不知道啊！

見到我的臉色，斬展冷笑說：「改口的紅包都收了，還想不認帳？」

大哥怒吼：「紅包的事不作數！書宇年紀小，人又蠢，根本不知道是怎麼回事！」

他怒視我幾眼，罵道：「紅包這種東西能亂收嗎？改口費是什麼，你都不懂？」

我無奈地說：「我那時受傷，紅包裡面是進化結晶。」

所以，改口費到底是什麼？

大哥恨鐵不成鋼的說：「一天到晚受傷，你是不是真的想被禁足？」

我不敢說話，雖然這禁足沒什麼用，該跑的時候還是會跑的，沒人阻擋得了，但本高手都上三階了，竟然還被禁足，這真的有點丟臉啊！

大哥一口否決：「你這是騙婚！不能作數，我疆書天的弟弟沒有這種偷偷摸摸結婚的事！」

靳展怒極反笑，才剛上前一步，話都沒來得及說，靳鳳已經過來擋住我，說：「不作數就不作數，我繼續等就是了，不用逼他。」

大哥怒完，換另一邊的大哥，靳展怒了，吼道：「等什麼？誰敢讓妳等？」

「小宇敢，我甘願等。」靳鳳不耐的說：「別插手我的事，你自己不也等著嗎？」

被反刺一句，靳展氣得臉皮都抽搐起來，若他是火異能，恐怕都能原地爆炸。

但他還是沒捨得罵妹妹，瞪著我就嘲道：「躲在女人背後，還敢讓我靳展的妹妹等，在吃軟飯的傢伙裡，你也算是個人物了吧！」

這下換我家大哥要原地爆炸，喔不，小妹先炸了，雷電二話不說就朝靳展丟，作為未來的雷神，當然不會被這點雷電傷到，但他措手不及之下，褲子起火了。

斬展拍熄褲子著的火，倒是不見生氣，反倒驚奇地說：「妳竟然也是雷電異能。」

「我是！」書君憤怒的喊：「敢看不起我二哥，你想被電成幾分熟？」

斬展沒跟高中女生計較的意思，他看向我，理解的說：「怪不得你習慣躲在人背後，大哥是疆書天，妹妹有雷電異能，你的能力只是一株草，根本沒你出手的份。」

是樹啦，不要看不起疆小容，在場的除了大哥、我和你，就是疆小容最厲害。

聽到斬展的話，書君伸手就是一道手腕粗的雷電射過去，但斬展甚至都沒有還擊，只是在手上凝結一顆雷電球，竟就把那道雷電吸收了，還嘲諷的說：「妳這能耐，也就能給手機充充電了吧。」

聞言，書君一張臉脹得通紅，她做最多的事情還真就是給各種家電充電，她低下頭，看不清表情，但垂在腿邊的拳頭漸漸握緊……

二哥我要原地爆炸！竟敢讓我的君君難過，斬展你想怎麼死？信不信這輩子讓你當不上雷神，換我家妹子當雷電女神！

我從床上跳起來，正想用小容鞭笞這傢伙，斬鳳卻擋住我，這舉動讓斬展眯起眼睛，語帶危險的說：「妳這是想做什麼？為了外人對抗我？」

人才剛過來就要開始內鬥了嗎？我怒，管他外面有什麼潮，我們自己應付就好，斬展你滾蛋吧！

靳鳳搖頭，說：「來人家的地盤上避難，還要對人家弟妹冷嘲熱諷，哥你什麼時候這麼不講規矩了？」

聞言，靳展沉默了，隨後撇過臉去，承認：「是，是我不講規矩。」

我竟從這句話聽出濃濃的酸味來了，該不會靳展其實是在吃醋吧？

想想君君要是說甘願等一個男人，那男人還三推四請的不肯娶君君——好吧，我理解了，完全可以明白靳展的心情，換成是我，那個男人已經宣告死亡，還是碎成沙子那麼細的死法，靳展只是諷刺我幾句，這脾氣真好呀！

轉換一下立場後，看著靳鳳的背影，我突然為她感到不值，這麼強悍又漂亮的大美女呢，怎麼就吊死在我這棵歪——不，光看臉也是一棵正脖子的樹！

「靳鳳妳還真是……」我輕聲問：「只要是我想的，不管是做什麼，待在哪裡，妳都會支持我嗎？」

靳鳳回過頭來看了我一眼，笑笑說：「大部分吧，如果我哥沒做錯事，和他對著幹就不行。」

喔，那孩子沒有哥，除了我這個救命恩姐，什麼都不剩，才能那麼義無反顧吧。

我咳了一聲，說：「我大哥說的對，結婚這種事不能偷偷摸摸的，總之現在不是時候，日後再商量吧，我有件更重要的事情要說。」

聞言，靳鳳先是一愣，隨後勾起嘴角，眼眉帶笑，看得我真是窘，該笑的人應該是我吧，妳笑得好像拐到老婆是不對的！

靳展看看窘迫的我和得意的妹妹，他「呵」了一聲，恍然道：「原來如此。」

如此你個頭，我不想知道你想通了什麼，別說出口！

靳展自言自語：「不是妹夫，是妹妻啊，這樣想倒是行。」

去你的，三階耳朵很靈的，你不能在心裡想想就好嗎！連我大哥的臉都臭了，肯定是聽見了啊，瞧他那一張要嫁弟弟的黑臉！

「鳳姐姐，那我可以當伴娘嗎？」書君抬起頭來，可憐兮兮，雖然看著還是有點不對勁，但似乎被「結婚」二字吸引走注意力，過後得再多關心妹妹一點。

靳鳳捏捏書君的馬尾，點頭說：「改叫嫂子就可以。」

書君眨眨眼，順口就說：「二嫂。」

「乖。」靳鳳掏出一階結晶遞給書君，「給，改口費，沒帶紅包袋，以後再補一包給妳。」

原來這就是改口費，那天我還真是叫了不少人，什麼大哥小媽簡直隨口就來，這一隨口就讓自己被結婚……

而且不是說結婚的事日後再商量嗎？妳們不要現在就商量起來啦！我還想撐到

二十歲再說的！

為了避免立刻被嫁掉，我立刻拋出正題：「我從異物那裡打聽到另一股異物潮的去向，他們朝著上官家的軍區過去了。」

「我們知道。」大哥卻早就知道的說：「唐良他們也發現了，有一隻很嚇人的大傢伙領著一堆異物，方向就是他們的軍區，所以我們在蘭都就分開走，他們去通知軍區，我們回湛疆基地救援，蘭都現在太亂，斬展答應過來幫忙守基地，換取這段時間待在這裡避風頭。」

「神木蚯蚓。」我深呼吸一口氣，上輩子的事果真要重演了，區區一隻蝴蝶能搧掉的事還是很有限。

「這名字倒是貼切。」斬展奇道：「你碰過那玩意兒竟還能活著？」

我老實說：「我拚命往窄的地方逃，躲開蚯蚓後，還差點被狼人圍死，就是那一次被斬鳳救回去收紅包的。」

斬展笑了一聲，竟沒再嘲諷我，多半是遇過神木蚯蚓卻生還這件事只能讓人佩服。

大哥仔細問：「那個神木蚯蚓有多厲害？」

我想了想，其實光靠我自己那一次逃亡的判斷是不準的，現在重火力還是很有用的，而我因為沒有趁手的武器，對於體型太過厚實的敵人總是力不從心。

想想上輩子，上官軍區最後與其同歸於盡的下場，我老實說：「非常可怕，他的體型大，而且皮厚又有彈性，一般的槍恐怕沒用，要轟死他恐怕要用上可以炸爛整座基地的火力才夠。」

聞言，靳展變了臉色，直接說：「我沒有這種火力，火箭筒都不行？」

我搔搔臉說：「我沒用過火箭筒，但是我之前看到神木蚯蚓，他真的很大，讓我猜的話，恐怕是不行。」

「那我沒辦法了。」

可以理解，囤槍正常，誰沒事囤一堆炸藥呢，現在也就上官軍區能幹掉神木蚯蚓了吧。

這麼說起來，如果不是他們解決掉神木蚯蚓，十三後來能不能佔領蘭都，還真是難說，但留著神木蚯蚓解決十三也不可行，那玩意兒發展起來，說不定比十三還可怕！

大哥說道：「唐良留下幾個人跟我們過來，要通知上官辰鴻回去支援軍區，他們現在還沒走，希望能得到我們的支援。」

靳展驚訝的問：「你倒是真聽弟弟的話？」

大哥理直氣壯的說：「我弟弟聰明會念書，分析事情都有道理，多聽聽他的沒錯。」

聽到念書，靳展先是不以為然，卻又放緩神色，點頭同意：「他到處亂跑，也不算沒見識。」

到處亂跑這話一出，我大哥的臉更黑了。

我立刻轉移話題，問：「唐良提出的條件是什麼？」

「不再攻打湛疆基地，賠償我們被上官辰鴻攻打的損失，提供軍火，其他的要等他回去問上級。」

「不太划算。」我老實說，裡頭的條件就是不再攻打湛疆基地這點最好，但若是他們想毀約，我們還能怎麼著？上法院告他們嗎？

「還怕你年輕，仗著一股熱血要去救人。」靳展的臉色好看許多，看過來的滿意眼神更明顯了，你現在是進入丈母娘看女婿越看越有趣的階段了嗎？

「讓上官軍區自己去應付神木蚯蚓。」大哥輕鬆的說：「他們人多軍火多，我們的人太少，犧牲不起，不值得為了換點物資過去。」

我沉默不語。但上官軍區會直接覆滅，同時帶走神木蚯蚓，這對湛疆基地來說，或許真是件好事，一次解決兩個敵人。

「唐良留下的人在哪，我有事問他。」

「在大廳，他們沒有時間，已經在整裝準備出發。」說完，大哥又說：「你問完順便去找小殺談談。」

小殺？我一怔，點點頭。

正想，外頭就傳來敲門聲，大哥回了聲「進來」。

進來的人只有兩個，一個是朱元洲，他的臉色沉重，另一個也不是生面孔，何久，跟在唐良身邊的人。

兩人話都還沒來得及說一句，大哥就說：「我們不打算過去。」

朱元洲沒說話，何久有點黯然，但兩人似乎早有預料，所以也不算太失望。

「那我們就出發了。」

我喚住他們：「等等，你們聽過衛名允嗎？他應該是你們軍區的人。」

主要問的對象是何久，但我不能單問一人，否則太過明顯了。

雖然也不帶太多希望能得到答案，畢竟軍區的人多，何久也不可能知道每一個人的名字，更多是想藉著交談的機會提醒對方關於神木蚯蚓的事情。

沒想到，唐久卻點頭說：「當然，我家老闆從軍校發掘的好苗子嘛！老闆可是幫忙付了好大一筆公費違約金，才把他從軍校帶出來，唐良長官對他讚不絕口，直說老闆好眼光。」

說到這，何久好奇的問：「你認識他啊？對了，你們是同年紀，難道是國中同學？」

……是上輩子的交情。

我不動聲色，順著何久的話說：「對，我聽說他從軍校退學後就去了上官家，有點擔心他的安全。」

「他還年輕，又是老闆看重的人，不會被派到前線。」何久猶豫了一下，問：「如果有需要，我們能不能送點人過來避難？」

送衛小哥過來，我秒收不還，送高官來，那問題可大了！送過來幹嘛？爭權奪利嗎？光一個上官辰鴻就夠煩了！

大哥答應了：「收一個人算一把槍、百發子彈和十斤糧食，每留一天多一斤糧，可以過後付款。」

聽到這話，朱元洲和何久的臉色都好看許多，這價位都算是幫忙了。

我皺眉提醒：「神木蚯蚓不是那麼好應付的異物，可以的話，遠遠的用大量炸彈把他炸了，火箭筒恐怕都不夠，火力一定要夠強，他的皮膚很堅韌。」

兩人點頭，但顯然沒放在心上，他們的態度還不夠緊張，根本沒人預料到軍區會覆滅，現在大部分的異物雖可怕，但槍械還是足以殺死他們，這樣下去肯定會跟上輩子的結局一樣。

我想再提醒，大哥卻拉住我，說：「書宇，你太緊張了，上次遠遠碰見神木蚯蚓是嚇著你了吧？」

大哥看著我，顯然是提醒我不要露出異樣。

先知確實是個會惹禍的能力，但我又怎能眼睜睜看著上官軍區重蹈覆轍——

「大哥！」

房門突然被撞開，靳小月風風火火的衝進來，急忙說：「大哥你聽我說，你絕對不能跟上官家的人過去！」

靳小月的冒失舉動讓靳展的臉色鐵青，他斥道：「我不是讓妳陪著小媽？過來做什麼，回去！」

靳小月的臉色很是難看，慌張地說：「大哥，你絕對不能去啊，上官家的人都會死光的，時間隔得太久，我差點忘記這件事，你千萬別過去！」

多謝妳的犧牲奉獻，我正煩惱要怎麼跟大家提醒這件事，卻不暴露自己的異狀，結果就有人過來身先士卒。

真莽撞啊！我看了靳小月如此無懼的暴露「先知」能力，經過末世的洗禮還能這麼冒失？或者是……有恃無恐？畢竟她知道靳展將會成為雷神，而她是雷神的親妹妹，所以才這麼無所畏懼？

但妳就不怕自己的舉動會坑死雷神嗎？

我這個冰皇弟弟不過打通電話就讓冰皇從此消失，妳這個雷神妹妹就不要把雷神也害死，不然我們就可以組成人類的未來罪人雙人組！

朱元洲還皺眉打量著斬小月，何久就忍不住心驚的急問：「你說上官家的人都會死光是什麼意思？」

「意思是上官家完了！異物潮都朝你們撲過去，居然還敢先過來攻打冰皇的基地，你們是想死得更早嗎？也是啦，死在冰皇的手上，總好過被異物吃掉。」

斬小月幸災樂禍的嘲弄兩人，這女人的品行真的不行，看來我也重生的事情要瞞得死死的，連鳳都不能說，否則斬小月發現有人跟她一樣重生，不知會作出什麼事情來。

總覺得肯定不是惺惺相惜，然後交叉比對彼此的記憶，記錄下來造福人類，幻想很美，現實總是想得美！

何久急急的追問：「妳是真的知道會發生什麼事？是妳的能力嗎？準確度有多少？」

拋完震撼彈，確定斬展不會過去後，斬小月倒是愛理不搭了。

這種性子，難怪斬展要把人趕去跟小媽作伴。

斬展臉色鐵青，冷冷的說：「她有什麼能力都與你無關，知道越多，死得越快，這道理總該懂？」

比起何久的著急焦躁，朱元洲倒是還沉得住氣，他只說：「軍區內外都有許多平民紮營，數量無法估計，但至少有兩萬人，如果你們知道些什麼，還請告訴我們，真如這位小姐說的，我們軍區會全軍覆沒，那這一戰至少得死上萬人。」

萬人性命，哪怕靳展這個黑道都沉默不語。

大哥朝我看來一眼，似乎終於明白我的焦慮為何。

「小月。」靳展終於還是開口說：「妳知道些什麼，說！」

「說出來也沒用呀，聚集那麼多人，根本死定了。」靳小月咕噥抱怨，看著不怎麼想說，但她卻很怕靳展，老實交代：「這次的異物潮由一隻很大的異物領軍，一開始還打不進去，只待在軍區外吃人，但越來越多異物被吸引過來，最後，上官軍區被異物潮團團圍困，誰都逃不了。」

確實是這樣，我想起細節了，中途還有人想從下水道逃，結果一打開下水道，角鼠就從裡面衝出來，造成好大一波傷亡。

她當時也在軍區？我看了靳小月一眼，該不是認識的人吧？當時從軍區逃出來後，我們沒武器沒物資，真是沒法活，我看軍區的異物散光，就提議回去撿武器，有不少隊裡的老人從那裡就跟著我們了。

「他們就沒想辦法突圍？就這樣活生生被困死？」我不動聲色的點破對方的隱

瞞，「那裡有那麼多軍人，總會有幾個打過仗的吧？他們手上還有武器，真的會這樣活活被圍困到死嗎？」

我的話一出，靳展也發覺不對，他怒視靳小月。

靳小月心不甘情不願的說：「他們最後乾脆破罐子摔破，轟出一道缺口吸引異物的注意力，讓民眾從另一邊的小洞逃走，這不說也沒事吧？反正他們本來就會這麼做了。」

朱元洲完全忽略靳小月的態度，反倒客氣的問：「有沒有什麼方法能度過這一劫？」

靳小月沒好氣的說：「哪有什麼辦法解決，不要聚集那麼多人就好了，幾萬人呢，你們根本在找死！要命就快跑吧！」

沒錯，必須散開，數萬人的目標實在太大，勢必引來異物潮。

何久的臉色十分不好看，咕噥：「幾萬人能疏散去哪？民眾不會肯走……」

朱元洲打斷他的話，「讓上頭去作決定，我們得立刻回去通知軍區。」

何久點頭後又忍不住問：「我們老闆有活下來嗎？他叫上官辰皓。」

聽到這名字，靳小月沉默了一下，語氣複雜的說：「你老闆就是上官辰皓那傻子啊？他倒還算是個好東西，死守軍區大門的兵都說自己是他的手下，不過民眾逃走後，軍區就發生大爆炸，領頭的異物都被炸成一堆爛肉，那時我可沒看見上官辰皓逃出來。」

聽到最後軍區大爆炸，在場所有人似乎都想到為什麼，不由得神色肅然流露出敬意。

這時，我若有所感的看向房門的方向，外頭站著一個人，小殺背靠房門，拳頭握得死緊，雙目皆紅。

雖然口口聲聲恨上官家，但對於那個哥哥，小殺的恨意卻似乎不那麼純粹。

上官辰皓、衛小哥，還有，這次沒有我和夏震谷，小琪又能不能自己逃到上官軍區呢？多半是能的吧，雖然小琪的治癒能力很雞肋，身手甚至不如我，但要說能活到最後的人，我還比較看好她。

那麼努力活下來的女人，這輩子可不要折在第一年啊。

上輩子恨不能逃出上官軍區，這輩子應該遠離地獄，但……

我看向上官軍區，笑了一聲，真是沒辦法。

誰讓地獄裡有重要的人啊！

只要是你們在的地方，不管是在哪裡，有什麼危險，我都會去救你們。

這輩子就換我來給承諾吧。

——待續——

番外篇

守護騎士

三人死命奔逃……

衛名允負責解決前方的障礙，他全力出擊，完全不像以前會留餘力，因為下一秒或許會遇上更強大的敵人，但如今，他們或許根本就沒有下一秒！

現在只剩下兩種死法，被追上或者力竭而亡，衛名允咬著牙決定無論如何都要拚到力竭，或許身後的人會因此有一線生機，那就夠了……

啊！

他猛然聽見熟悉的叫聲，心中不祥的感覺升到最高點，哪怕耽擱一秒就是死，他還是停步轉過頭去，一眼望見讓心臟都要為之炸裂的景象。

夏震谷被一整群怪物追著跑，衝過關薇君身旁，竟揮手將她往後推飛一大段距離，僅僅只為了拖延一秒鐘。

衛名允什麼都來不及做，剛轉身踏出腳步，就見她摔進異物堆裡，抬頭看過來，甚至都沒能開口求援，瞬間已化成漫天血肉。

「不──」

聽見悲鳴，衛名允才發現自己不自覺張開嘴。

賴樂琪後知後覺的回頭，看見這情況，整個人都嚇傻了。

小君……

小君沒有了？

一切剛發生時，賴樂琪眼見情況真的很不對勁，天空竟發出巨響，那是整個天空都在響啊！

她立刻拉著闕薇君來找衛名允，美其名她會害怕，跟衛小哥待在一起，心裡比較踏實。

闕薇君十分無奈，但也只能作陪，她的心一向是軟的。

結果，事情還真的朝著最糟糕的方向發展了，那是一場全面進攻。

他們三人結夥逃亡，途中遇上一些戰友，大夥都在奔逃，看見熟識的人就忍不住朝同個方向跑，不時有人被沖散，有人被追上……

沒想到，夏震谷竟也追上來，更沒想到這男人能幹出這種沒下限的事來。

衛名允朝夏震谷衝過去，揮手就是兩道衝擊波，毫不留情。

夏震谷閃過攻擊，罵道：「你發什麼瘋？沒看見後面一堆異物嗎？」

衛名允的眼中還真看不見別的，只有眼前的仇人！

他怒吼：「你竟然害死小君姐！」

夏震谷冷哼一聲，「我就知道你跟那個賤女人有一腿！」

聞言，衛名允又是憤怒，又是懊悔，怒於夏震谷害死小君姐，竟還污衊她根本沒做過的事，但更懊悔他早該不管不顧地把小君姐帶走。

憤怒之下，他揮手又是一連串的衝擊波。

「你果然在隱藏實力！」

夏震谷瞇起眼睛，他從一開始就不喜歡這小鬼，偏偏關薇君非要撿他回來，不就看他長得好嗎？一對賤人！

衛名允怒道：「不隱藏，你容得下我嗎？」

「你藏不藏，我都容不下你，敢給老子戴綠帽，不把你壓成肉餅，我夏震谷三個字倒過來唸！」

賴樂琪躲在牆角，顫抖著流淚，動都不敢動，夏震谷和衛名允兩人都很強，他們的鬥爭，只要被掃到一丁點，她就必死無疑，但卻又不能走遠，否則一定會被異物包圍。

兩人的戰鬥幾乎不分軒輊，互打的同時又要注意異物的攻擊，異物竟也被他們收拾掉不少，賴樂琪忍不住想，若這兩人一開始就並肩合作，說不定真能帶著不少人逃出生天。

但是，好像又有點不對勁，附近的異物是不是真的越來越少了？

賴樂琪發現奇怪之處，如果光是衛名允和夏震谷兩人的戰鬥就可以趕走大部分的異物，那他們一開始還怕什麼跑什麼，這不可能啊……

她偷偷左張右望，眼神突然一滯，懷疑地看著半空中，那裡看起來非常古怪，好似……扭曲了？但明明什麼都沒有！

還來不及仔細端詳，頂級異能者的強大威壓來襲，讓人凍入骨髓的威壓籠罩住整塊區域，賴樂琪緊緊抓住自己的手臂，指甲都掐進肉裡，牙咬得死緊，這才能不發出慘叫。

她努力睜著眼，不因害怕就閉上不看。

小君說過，如何無論都別閉上眼，一閉眼，妳就是把自己的命放到賭盤任由命運玩弄，只要沒閉眼，總會有一些事情是可以掌握在自己手裡的。

賴樂琪瞪大眼，眼睜睜看著扭曲的地方出現一個人，那人看著更高更遠的天空，炙烈的陽光都無法讓他低頭避之。

烈陽之下，一個巨大如山嶽般的陰影從無到有……

兩個戰鬥中的男人也感覺到壓制，以至於戰鬥的動作都慢了，但他們實力高，這威壓針對的對象也不是他們，倒是不至於讓兩人無法戰鬥，因此衛名允並沒有就此放過夏震谷，反倒趁著對方遲緩的時候，進攻得更加猛烈。

攻擊太過猛烈，夏震谷不想打都不行，一時又怒又恨，全力還擊，想早點收拾掉對方，他才好逃走。

賴樂琪早就不看兩人的鬥爭了，她看著空中那人，對方不是飛在半空，他踩著一條透明的東西，在陽光下閃閃發亮。

這時，遠方的巨大陰影突然射出一道光，直轟向那個停在半空中的人，那人閃開了，光卻不會因此停下來，直直朝三人的方向轟來。

賴樂琪瞪大眼，什麼事都來不及做，反射性瞬間抱頭趴下，鼻子直接壓在地上，雙眼離地面只有一公分，光波穿過頭頂，發出破空巨響，震耳欲聾，但她的眼睛仍舊睜得大大的，連汗水流進眼裡都不能讓她眨一眨眼。

直到一切結束，賴樂琪全身僵硬不知多久，才手腳發軟地爬起來看情況。

夏震谷和衛名允都倒在地上，生死不知。

她沒理會兩人，即使全身都在發抖，仍一步步走到最後看見關薇君的地方，但早已什麼都沒有了……

一道銀光閃花她的眼，她彎腰撿起閃亮的銀色小刀，默默看了一會兒，收起刀子，這才回頭去看兩個男人的狀況。

衛名允被光波擦過半邊身子，傷得非常重，一片血肉模糊，腰間少掉一大塊，還掉了一隻手。

賴樂琪稍微檢查就知道這不是她有辦法解決的傷勢。

另一邊，夏震谷雖也傷得不輕，但狀況比衛名允好多了，說不定是因為位置的關係，大部分光波都被衛名允擋下來了。

夏震谷這傢伙永遠都這麼走運！

賴樂琪恨他的好運，走運地擁有強大的異能，走運地有那麼好的女朋友，不但在末世初期一再救他，後期還能種田養畜解決基地的糧食危機，否則夏震谷再強，底下人連飯都吃不飽，鬼才服他當首領！

但好運這種東西嘛，果然也有用完的一天。賴樂琪突然勾起嘴角，她還活著。

「唔……」

衛名允醒過來時，看見賴樂琪正在幫他治療，但他知道對方的治療能力一直沒什麼起色，本就不強，還得不到結晶支援，只能治好一些小傷，而異能者普遍恢復能力快，根本不在意小傷口，所以她的能力始終是雞肋般的存在。

賴樂琪見他醒過來，眼神十分清明，但臉色卻是灰敗的，她心知肚明，對方這並不是好轉……

事已至此，她反而笑道：「衛小哥，事情都到這地步了，你能滿足我一點好奇心嗎？」

衛名允覺得賴樂琪的笑容有點不對，但如她所說的，事已至此，實在沒什麼事是重要的了，他只是沉默地看著她。

她輕聲問：「你愛小君嗎？」

衛名允沉默好一陣後，才吐出一口粗氣，輕聲說：「愛或不愛，重要嗎？小君姐救了我的命，當年在收容所，我拚命保護人離開，結果他們回過頭來就搶我，我在途中醒過來，他們竟然動手揍我，只因怕我反抗……人一個個經過又走，我一直求援，卻沒有任何人理我。」

賴樂琪知道那種被全世界拋棄的感覺，就是這個感覺，讓她死皮賴臉也要攀上夏震谷這個爛人。

不過回頭想想，卻也因此認識小君呢！她突然覺得心情有些愉悅。

「只有小君姐停下來問我傷得怎麼樣了，她說要帶我走。」

衛名允喘了兩口氣，聲音低得就剩下氣音。

「當時我就發誓如果真的能活下來，這條命是她救的，就用來保護她，我要保

住她，一定要……」

「難怪夏震谷百般刁難你都不走。」賴樂琪了然的說：「小君就是你的信仰吧，像是騎士蘭斯洛特守護王后關妮薇那樣，想想還真是浪漫呢。」

說到這裡，她笑道：「你知道嗎？我以前啊，曾經是個編劇呢，不知道編出多少讓人痛恨的惡毒小三，然後把她們各種慘、各種賜死，大快人心！」

「結果末世一來，我自己也成了小三，真可笑！」她笑中帶淚，「那時我腦中想著各種鬥倒正宮的方法，拚命安慰自己，他們又沒結婚，我還不算是小三，這是各憑本事。」

「結果小君偏偏不按套路走，我明明打過她男友的主意，結果到後來，她這個正宮卻出手救我這小三，給我住給我吃，我是為了活命，才哭著跟她懺悔以前做過的事，她卻跟我說『末世的女人太難活了，好好活著沒害人性命就很好了』，你說這女人的心怎麼就這麼寬？」

沒得到回應，賴樂琪低頭一看，衛名允雙目微張，眼中早沒了神采，也沒了氣息。

見人已走，她反倒更加平靜，只是繼續說話，彷彿周圍還有聽眾。

「小君就是心太正，男友出軌她也沒想過出軌，而你是太蠢，只是比小君小七歲就只會叫姐，不會搶人。」

前・編劇忍不住幻想起劇情來。

「如果你們能湊一對，我厚著臉皮當電燈泡也要跟你們跑掉，我們建立一個小小的基地，小君一定忍不住收很多沒有戰力的老弱婦孺，你肯定會很頭疼，但也只能無奈接受，只能拚命鍛鍊想保護她。」

「我啊，一定在旁邊幫你罵著她，不要什麼人都想收，老弱婦孺也不全是好人呀。」

「但你肯定不高興了，換你冷著臉罵我多管閒事，小君想收誰都行，你養得起……哎唷！光想想就覺得我真是又氣又好笑。」

賴樂琪編著編著忍不住感嘆：「如果日子能那樣過，多好啊，就算活到最後還是要死，我肯定抱住小君不放，堅決把小三之路貫徹到底，讓你這正宮只能無奈地從背後抱著她！」

說著這往歪裡發展的正宮和小三，賴樂琪似乎真樂了，笑個不停。

「結果搞成這樣，小君連屍體都沒有留下，你只能死在我這壞女人的懷裡，半個人都烤糊了，你說這多慘啊！小君可說過你長得挺帥呢，破相就勾引不到她了唷——」

「唔！」夏震谷呻吟了一聲。

賴樂琪扭頭一看，笑道：「嗨，你醒啦？」

「小琪？扶我起來，我們快逃——啊！」

才想站起來，夏震谷突然四肢都傳來劇痛，朝手腕腳踝一看，驚悚地發現自己的手腕折了，腳踝也斷了，就只有連著一層皮。

賴樂琪漫步走過來，手裡握著一把不大的銀刀，在夏震谷的臉側摩來擦去，卻也不急著真切下去。

「夏震谷，你還記得這是小君的刀嗎？」她似問似喃喃：「多半根本忘了吧，她跟我說，這把刀雖小卻救過她很多次，比任何武器都重要，她後來還多次用食物交換，讓異能者不斷幫她加強這把刀，果真夠鋒利，連異能者的身體都切得下去。」

「是妳幹的！」夏震谷狂怒。

數倍的重力壓下，賴樂琪的口鼻瞬間噴血，她朝旁邊吐掉一口血，冷笑：「異能用得差不多了吧？要不然你一招就讓我成肉餅了。呵，衛小哥可不是好惹的，要不是小君姐在，他才不會當你的手下，還被你發下各種玩命的任務耍著玩。」

夏震谷咬牙想爬走，留得青山在不怕沒柴燒！等他恢復以後，再回來弄死這個賤女人，但全身痛得他一爬就渾身抽搐。

「唉，別爬呀。」賴樂琪關心的說：「你沒感覺肚子怪怪的嗎？我這個沒用的女人最膽小了，剁掉你的手腳哪夠保險呢？我得確保就算你把我壓成肉餅，你還是會死，不然沒報小君的仇，我怎麼去見她啊？走到半路都會被衛小哥攔下來揍一頓吧。」

肚子？夏震谷咬著牙低頭一看，徹底驚悚了，他的腸子露在外頭，拖了長長一段，最後在窗戶欄杆上嘲諷地打了個大大的肉色結。

不不不！他不想死，他還要成為頂階異能者，怎麼能死在這裡！夏震谷苦苦哀求：「小琪，快幫我治療，外面都是異物，如果我死了，妳要靠誰？他們會把妳的肉一片片咬下來！」

「我能靠的人，早就被你殺了。」

賴樂琪冷冷地說完，再不管這男人，也不動手了結他，任憑他去哭嚎慘叫，這種背景音樂讓她聽得可愉快了。

窗外傳來巨大的聲響，賴樂琪走到窗口，手肘靠在窗台，彷彿末世前的女人正悠閒地倚窗欣賞風景。

窗外，密密麻麻的，她忍不住絕望的哭了，下一秒卻又笑出來。

「關薇君，這輩子很高興認識妳這個好閨蜜，雖然每次說我們是閨蜜，妳總是一臉見鬼的表情。」

「妳先走一步也好，夏震谷總算做對一件事，讓妳不用看見真正的……末日。」

她高舉起小刀，反手刺進心臟。

—守護騎士・完—

後記

很喜歡楔子的名稱，殺出前路，非常白話的一個標題，但此處有雙關語的意思。前路：以前的路，或者，前方的路。

前者是殺出過往留下的陰影之意，後者更是簡單了，就是殺出一條活路來。

很白話的標題，但搭配小說內容服用，自認為還有那麼點雙關語的意涵在裡面。

這一集……應該說近兩三集，我一直覺得少了點什麼，思來想去，總缺少那麼一點靈光，又重新閱讀《終疆》不知道幾次，才漸漸抓住靈感。

這輩子的疆書宇不等於上輩子的關薇君，甚至是恢復記憶後的疆書宇和之前失憶狀態都有些許不同，少了點顧忌，更不會退縮，也多了點年輕人的大膽。

這是近兩集來一直在述說的重點之一，就算是同一個人有了不同的際遇後，個性以及做事方法都會有所不同。

然而在這幾集中，主角恢復記憶後，上輩子的關薇君似乎漸漸消失了，我感覺缺少的便是這點，上一世的關薇君不該在疆書宇恢復記憶後就消失，相反地，她是一個非常非常重要的角色。

因為有她，才有這輩子的疆書宇。

其實，關薇君不像她自認為的是一個懦弱無用的人，如果真是那樣的人，就算重新投胎，恐怕都沒辦法成為疆書宇。

她有著不強大卻非常精采的經歷，雖然最後敗亡，以結果論來說，似乎是個失敗的人生，但真正去看她的整段人生過程，失敗？成功？這就交給大家自行認定吧。

在述說「疆書宇」現在的故事時，缺了「關薇君」的過往，這人物就好像少了什麼，沒有過去的關薇君支撐，怎麼能完整述說疆書宇這個人呢？

於是這一集中，我將關薇君的故事繼續補全，感覺終於對了，這樣才讓「疆書宇」更加完整圓滿。

除了補足關薇君的過往，這集也引出更多有趣的角色，不只有強大的英雄人物，或者是惡劣的壞人，其實最多的是一些在末世中苦苦掙扎的普通人，末世剛開始的時候，他們可能沒那麼純善，但也惡不到哪裡去，所有的小奸小惡不過是想讓自己和家人的日子好過一些。

但隨著時間過去，有人的惡意開始無限放大，有人則還能保持內心最深處的善良，但最多則是很難以說出到底是善是惡的人物，這個的代表人物應該是番外篇中的賴樂琪。

小琪剛開始為了活下去，想搶關薇君的男朋友，但她其實並不喜歡夏震谷，所以見到小君有能耐，立刻就選擇放棄搶奪，開始和關薇君打好關係，這個性或許有點卑鄙也有點怯弱，只想依靠別人，但要說她壞到哪去，其實也並不是的——最後的黑化不算在內！

終疆的角色真的是很多啊，我想要寫活整個世界在末世中的種種變化，角色是不可少的，有的戲份多有的戲分少，但御我會努力讓每個角色都能鮮明地活在大家的眼前！

❖

說完劇情方面的事，御我想跟大家道個歉，深深地一鞠躬。

非常抱歉第六集和上一集隔了這麼久，在這本之前，御我遇到寫作以來最大的瓶頸。

其實近幾年來在速度上就有點拖慢，但仍打著精神努力寫，最終還是停下腳步，不知該怎麼走下去。

其實無法很確切的用語言說明自己到底怎麼了，看著稿子卻腦中一片空白、無法專注在寫故事上，甚至寫著寫著就覺得自己的筆法怎麼看怎麼怪，種種問題，好像哪裡不太對，卻又不真的知道哪裡不對。

用盡很多方法想改善，最終只能說寫十多年後，我確實需要休息一陣子，吸收更多東西，整理所有思緒，以及……大澈大悟吧？

這段期間，大家等書的哀怨我都看見了，非常難過與自責，整個人幾乎陷在低潮谷底，只能更努力看很多故事，研究題材相似的漫畫和影集，感覺一點一點的好起來，直到有一天，莫名就突然——啊，我想寫故事，非常想！

然後就飛速將第六集完成了。

整個人感覺像是度過一個人生道路上的巨坎。

爬出這個巨坎後，突然有種天下無難事的感覺。

就是想寫故事。

御我一直希望，自己的書可以成為各位讀者在人生道路上的美好陪伴，

然而，在御我寫書的這條道路上，也是各位讀者一直在陪伴我。

感謝有你一路相伴。

御我會繼續努力寫出更好看的故事，讓這段彼此相伴的記憶越來越美好！

By 御我

（此段落寫在《終疆》、《幻虛真》和《39》三部書的後記中）

國家圖書館出版品預行編目資料

終疆 06：神秘高手 / 御我 著.-- 初版.-- 臺北市：平裝本，2019.12 面；公分（平裝本叢書；第460種）（御我作品；6）

ISBN 978-986-95699-4-1（平裝）

857.7　　107000662

平裝本叢書第 460 種
御我作品

終疆

06 神秘高手

作　　者—御我
發 行 人—平雲
出版發行—平裝本出版有限公司
台北市敦化北路 120 巷 50 號
電話◎ 02-27168888
郵撥帳號◎ 18999606 號
皇冠出版社（香港）有限公司
香港上環文咸東街 50 號寶恒商業中心
23 樓 2301-3 室
電話◎ 2529-1778　傳真◎ 2527-0904
責任主編—龔橞甄
責任編輯—張懿祥
美術設計—嚴昱琳
著作完成日期— 2019 年 11 月
初版一刷日期— 2019 年 12 月

法律顧問—王惠光律師

讀者服務傳真專線◎ 02-27150507
電腦編號◎ 553006
ISBN ◎ 978-986-95699-4-1
Printed in Taiwan
本書特價◎新台幣 249 元 / 港幣 83 元